Sammlung Luchterhand 2002

Pablo Neruda (1904–1983) gehört zu den bedeutendsten Lyrikern des 20. Jahrhunderts. 1971 wurde er mit dem Nobelpreis ausgezeichnet. Er begann mit 14 Jahren Gedichte zu schreiben, als er bei seinem Vater, einem Lokomotivführer, lebte – seine Mutter war früh gestorben. Dieser »unsichtbare Fluß« hörte nicht auf zu strömen, bis sein Freund Salvator Allende 1973 von den Militärs aus dem Präsidentenamt gejagt wurde und Neruda kurz darauf starb. Er schrieb politische Gedichte, Oden, Liebesgedichte. Ihn beschäftigte sein Herkommen und die Geschichte seines Landes. Vor allem aber schlug sein Herz für die Literatur und für die Dichter. Der Herausgeber der spanischen Ausgabe der Werke Nerudas – Victor Farías – hat eine aktuelle Auswahl aus seinem Werk getroffen – eine einzigartige Möglichkeit, diesem großen Dichter zu begegnen.

Pablo Neruda
Der unsichtbare Fluß

Gedichte 1923–1973

Herausgegeben von
Victor Farías

Luchterhand

Inhalt

Buch der Morgendämmerung

(1923)

Zwanzig Liebesgedichte und ein Lied der Verzweiflung

(1924)

Der Sommer ist sengend in Cautín. Er verbrennt den Himmel und den Weizen. Die Erde will sich von ihrer Lethargie erholen. Die Häuser sind nicht für den Sommer gemacht, ebensowenig für den Winter. Ich gehe hinaus aufs Feld und wandere, wandere. Verirre mich auf dem Ñielol-Hügel. Ich bin allein, habe die Tasche voller Käfer. In einer Büchse trage ich eine frischgefangene behaarte Spinne. Droben sieht man den Himmel nicht. Der Urwald ist immer feucht, ich rutsche aus; plötzlich schreit ein Vogel, es ist der Gespensterschrei des Chucao. Von meinen Füßen steigt eine erschreckende Warnung auf. Nur die Copihue-Schlingpflanzen sind erkennbar wie Blutstropfen. Ich bin ein winziges Wesen unter den Riesenfarnen. Vor meinem Mund fliegt eine Ringeltaube mit trokkenem Flügelschlag vorüber. Weiter oben verspotten mich andere Vögel mit heiserem Gelächter. Mühsam finde ich meinen Weg. Es ist schon spät.

Man hat mich oft gefragt, wann ich mein erstes Gedicht geschrieben habe, wann die Dichtung in mir erwacht ist.

Ich will versuchen, mich daran zu erinnern. Weit zurück in meiner Kindheit, kaum daß ich schreiben gelernt hatte, fühlte ich einmal eine starke Erregung und kritzelte ein paar halbgereimte Wörter nieder, die mir fremd waren und anders als die Alltagssprache. Ich schrieb sie ins reine, gefangen von tiefer Beklommenheit, von einem bis dahin unbekannten Empfinden, einer Art Angst und Trauer. Es war ein meiner Mutter gewidmetes Gedicht, das heißt, der, die ich als solche kannte, an die engelsgleiche Stiefmutter, deren sanfter Schatten meine ganze Kindheit beschützte. Völlig unfähig, mein erstes Erzeugnis zu beurteilen, brachte ich es meinen Eltern. Sie waren im Eßzimmer, vertieft in eine jener Unterhaltungen mit leiser Stimme, die mehr als ein Fluß die Welt der Kinder und der Erwachsenen trennen. Ich reichte ihnen das liniierte Blatt, noch zitternd vom ersten Besuch der Inspiration. Mein Vater nahm es zerstreut in die Hände, las es zerstreut und gab es mir zerstreut mit den Worten zurück:

»Wo hast du das abgeschrieben?«

Und fuhr fort, mit meiner Mutter leise von seinen wichtigen und fernliegenden Angelegenheiten zu sprechen.

Ich glaube mich zu erinnern, daß so mein erstes Gedicht entstand und daß ich so die erste zerstreute Probe der literarischen Kritik erhielt.

MEINE ERSTEN BÜCHER

M*it der Wut des Schüchternen floh ich in die Poesie. Über Santiago flatterten die neuen literarischen Schulen. In der Calle Maruri Nummer 513 schrieb ich mein erstes Buch zu Ende. Ich verfaßte zwei, drei, vier und fünf Gedichte am Tag. Gegen Abend, wenn die Sonne sank, vollzog sich vor meinem Balkon täglich ein Schauspiel, das ich um nichts auf der Welt verpassen wollte. Es war der Sonnenuntergang mit großartigen Farbschichtungen, Lichtbrechungen, riesigen Pfauenschwänzen in Orange und Scharlach. Das Hauptstück meines Buches heißt* Die Abenddämmerung von Maruri. *Niemand hat mich je gefragt, was Maruri bedeutet. Vielleicht wissen sehr wenige, daß es sich nur um eine bescheidene, von außergewöhnlichen Sonnenuntergängen besuchte Straße handelt.*

Im Jahr 1923 wurde dies mein erstes Buch Crepusculario – Abend- und Morgendämmerungen *veröffentlicht. Um die Druckkosten zu bestreiten, erlebte ich täglich Niederlagen und Siege. Meine spärlichen Möbel wurden verkauft. Zur Pfandleihe wanderte eilends die Uhr, die mein Vater mir feierlich geschenkt hatte, eine Uhr, die er mit zwei verschränkten Fähnchen hatte bemalen lassen.*

Der Uhr folgte meine schwarze Dichtertracht. Der Drucker war unerbittlich, und als endlich die Auflage gedruckt und gebunden war, sagte er mit finsterer Miene: »Bevor nicht alles bezahlt ist, geht hier kein Exemplar raus.« Der Kritiker Alone spendete großzügig die letzten fehlenden Pesos, die alsbald im Schlund meines Druckers verschwanden. Dann trat ich mit geschulterten Büchern und zerrissenen Schuhen, aber wahnsinnig vor Freude, auf die Straße.

Mein erstes Buch! Ich habe immer behauptet, die Aufgabe des Schriftstellers sei weder geheimnisvoll noch magisch, die des Dichters indes sei zumindest eine persönliche Aufgabe von allgemeinem Nutzen. Der Dichtung am ähnlichsten ist ein Laib Brot oder ein Tonteller oder ein wenn auch von ungeschickter Hand liebevoll bearbeitetes Stück Holz. Im übrigen glaube ich, erlebt kein Kunsthandwerker auch nur einmal dieses berauschende Gefühl wie der Dichter, erstmalig etwas Neues mit seinen Händen, mit der noch zitternden Ratlosigkeit seiner Träume geschaffen zu haben. Es ist ein Augenblick, der nie wiederkehrt. Wiederkehren werden viele sorgfältigere schöne Buchausgaben. Es werden seine in den Kelch anderer Sprachen umgegossenen Wörter kommen, wie ein Wein, der an anderen Orten der Erde singt und duftet. Aber diese Minute, in der druckfrisch und papierzart das erste Buch erscheint, diese berückende, berauschende Minute mit dem Tönen flatternder Flügel und der ersten Blüte, die sich entfaltet in der eroberten Höhe, diese Minute gibt es nur einmal im Leben eines Dichters.

Einer meiner Verse scheint sich aus diesem kindlichen Buch gelöst und seinen eigenen Weg gefunden zu haben: Farewell, *das bis heute viele Menschen, denen ich begegnete, auswendig kennen. Am unerwartetsten Ort sagte man mir das Gedicht auf oder bat mich, es aufzusagen. Mochte es mich auch noch so sehr belästigen, kaum daß ich in einer Versammlung vorgestellt wurde, begann irgendein junges Mädchen die Stimme mit diesen drängenden Versen zu erheben, manchmal auch empfingen mich Staatsminister, nahmen militärische Haltung an und spießten mich mit der ersten Strophe auf.*

Die Zwanzig Liebesgedichte *und ein* Lied der Verzweiflung *sind ein schmerzliches Hirtenbuch, die meine gequältesten jugendlichen Leidenschaften enthalten, vereint mit der überwältigenden Natur des Südens meines Vaterlandes. Es ist ein Buch, das ich liebe, weil neben schneidender Schwermut auch Lebensfreude darin ist. Ein Fluß und seine Mündung halfen mir dabei: der Imperial. Die* Zwanzig Gedichte *sind der Roman Santiagos mit seinen Studentenstraßen, der Universität und dem Geißblattduft geteilter Liebe.*

Die Santiago-Stücke wurden geschrieben zwischen der Calle Echaurren, der Avenida España und dem Innern des alten Gebäudes des Instituto Pedagógico, aber das Panorama bilden immer die Gewässer und die Bäume des Südens. Die Molen in Lied der Verzweiflung *sind die alten Molen von Carahue und von Nieder-Imperial, die morschen Bohlen und die zapfengleichen, vom breiten Fluß behämmerten Balken, das Möwengeflatter, das damals wie heute die Flußmündung belebt.*

Im schlanken langen verlassenen Boot eines weiß Gott wann gestrandeten Schiffs las ich Juan Cristóbal *von A bis Z und schrieb* Das Lied der Verzweiflung. *Über mir war der Himmel von gewalttätigem Blau, wie ich es nie wieder gesehen habe. Ich schrieb im Boot, verborgen in der Erde. Ich glaube, ich habe nie wieder Höhen und Tiefen erreicht wie in jenen Tagen. Hoch oben der undurchdringliche blaue Himmel. In meinen Händen* Juan Cristóbal *und die entstehenden Verse meines Gedichts. Mich umgab alles, was immer da war und immer da ist in meiner Dichtung: das entfernte Rauschen des Meeres, der Schrei der wilden Vögel und die sich nie verzehrende Liebe, brennend wie ein unsterblicher Dornbusch.*

BRAUNES MÄDCHEN, DAS SO GERNE KÜSST

Haare goldgelb, flutend
rieselnd, bachgleich strömend,
Haarflut.

Fingernägel, hart und golden,
gerundete Blumen, sinnenfrohe,
Nägel, hart und golden.

Wölbung des Leibs, verborgen
und klaffend wie eine Frucht
oder eine Wunde.

Süßes, nacktes Knie,
zwischen meine Knie gepreßt,
süßes, nacktes Knie.

Haargeschlinge, wuchernd
über der runden Verheißung
der Brüste.

Abdruck, überdauernd auf dem Lager,
Abdruck, im Herzen mir schlummernd,
lose Worte.

Worte, lose, verstreute:
meine Lieder sollen sie krönen,
wenn unsere Lippen gestorben sind.

Braunes Mädchen, das so gerne küßt,
Rosenhag aller Rosen
für eine Stunde.

Süße, Blonde, die so gerne küßt,
ich werde scheiden,
Du wirst scheiden, die so gerne küßt.
Aber noch hält mir das Frührot
beide Schläfen umschlungen.

Darum küsse mich, jetzt,
küsse mich, die du so gerne küßt,
jetzt und in der Stunde
unseres Todes.
Amen.

FAREWELL

1
Aus deiner Tiefe und auf den Knien
blickt, traurig wie ich, ein Kind uns an.

Für jenes Leben, das glühn wird in seinen Adern,
müßten wir unsere Leben mit Stricken binden.

Für jene Hände, Töchter der deinen,
würden meine Hände einst töten müssen.

Für jene Augen auf Erden offen
werde in deinen ich eines Tags Tränen sehn.

2
Ich will's nicht. Geliebte.

Auf daß nichts uns binde,
daß nichts uns vereine.

Nicht das Wort, dem dein Mund Duft verlieh,
noch das, was die Worte nicht sagen.

Nicht das Liebesfest, das wir nicht begangen,
noch dein Geschluchz am Fenster.

3
(Ich liebe der Seeleute Liebe, die
küssen und weitergehn.

Sie lassen zurück ein Versprechen.
Sie kehren nie wieder zurück.

In jedem Hafen wartet ein Weib,
die Seeleute küssen und gehen davon.

Eines Nachts gehn sie schlafen mit
dem Tod in das Bett des Meers.)

4
Ich liebe die Liebe, die sich
in Küsse austeilt, Bett und Brot.

Liebe, die ewig zu währen vermag
und die vergänglich sein kann.

Liebe, die befreien sich will,
um von neuem zu lieben.

Vergötterte Liebe, die kommt.
Vergötterte Liebe, die geht.

5

Schon geraten meine Augen in deinen nicht mehr in
Entzücken,
schon mildert an deiner Seite sich nicht mehr mein Schmerz.
Wohin ich auch geh, trage ich deinen Blick doch in mir,
und wohin du auch gehst, du trägst meinen Schmerz in dir.

Ich war dein, du warst mein. Und was mehr? Wir waren
zusammen
eine Biegung am Weg, auf dem die Liebe vorüberzog.

Ich war dein, du warst mein. Du wirst dem, der dich liebt,
gehören,
der ernten in deinem Garten dann wird, was ich gesät.

Ich geh fort. Ich bin traurig; doch traurig bin ich jederzeit.
Ich komme aus deinen Armen. Weiß nicht, wohin ich jetzt geh.

… Aus deinem Herzen sagt Lebwohl mir ein Kind.
Und ich sage ihm: Lebe wohl!

DIE ZWANZIG GEDICHTE (Auszüge)

Leib eines Weibes, weißblanke Hügel, blanke Schenkel,
du gleichst der Welt, so weit, so willig, wie du dich hingibst.
Mein Körper, eines rohen Bauern Körper, durchgräbt dich
und läßt das Kind entspringen aus der Tiefe der Erde.

Einsam war ich, ein Tunnel. Vor mir flohen die Vögel,
und Nacht brach in mich ein mit ihren furchtbaren Heeren.
Mich selbst zu überleben, machte ich dich zur Waffe,
zum Pfeil für meinen Bogen, zum Stein für meine Schleuder.

Doch die Stunde der Rache ist gekommen. Ich liebe.
Dich, Leib aus Haut, aus Moos, aus Milch, voll Kraft
und Begierde.
Ah, die Becher der Brüste! Ah, die entrückten Augen!
Ah, die Rosen des Schambergs! Ah, deine schwere Stimme!

Leib meines Weibes, deine Anmut läßt mich bestehen.
Mein Durst, endlose Sehnsucht, mein Weg ins Ungewisse!
Dunkle Flußrinnen, denen unaufhörlich der Durst folgt
und die Ermattung folgt und das Leiden ohne Ende.

*

Ach, das Föhrengewoge, Rauschen brechender Wellen,
langsames Spiel von Lichtern, einsames Glockenläuten,
Dämmerung, niedersinkend in deine Augen, Puppe,
Muschelhorn auf dem Felde, in dir ertönt die Erde.

In dir singen die Flüsse, und es flüchtet mit ihnen
mein Herz, wie du es möchtest und wohin sie dein Wunsch
weist.
Bezeichne mir den Weg doch auf deinem Hoffnungsbogen,
und verzückt laß ich schwirren den Schwarm all meiner Pfeile.

Ich sehe mich umgeben von deinem Nebelgürtel,
und dein Schweigen bedrängt jetzt meine gehetzten Stunden,
du bist es mit den Armen aus Stein, vom Licht durchschimmert,
wo meine Küsse ankern, mein feuchtes Sehnen nistet.

Ach, deine Rätselstimme, getönt, gebeugt von Liebe
in dem hallenden Dämmer des verendenden Abends!
So in Stunden der Tiefe sah ich auf Weizenfeldern
Ähren sich niederbeugen unter dem Mund des Windes.

*

Vorgebeugt werfe ich abends meine trüben Netze aus
nach deinen ozeanischen Augen.

Dort reckt sich und brennt, himmelhoch lodernd,
meine Einsamkeit, die mit den Armen um sich schlägt
wie ein Ertrinkender.

Rote Zeichen mache ich über deinen abwesenden Augen,
die Wellen werfen wie das Meer am Saum eines Leuchtturms.

Du verharrst bloß in Finsternis, Weib, mir fern und mein,
aus deinem Blick taucht zuweilen die Küste des Grauens auf.

Vorgebeugt werfe ich abends meine trüben Netze aus
aufs Meer, das deine ozeanischen Augen hin und her treibt.

Die Nachtvögel picken die ersten Sterne auf,
die funkeln wie meine Seele, wenn ich dich liebe.

Es galoppiert die Nacht auf ihrer düsteren Stute,
blaue Ähren über die Flur verstreuend.

*

Heut nacht kann ich die trübsten, traurigsten Verse schreiben.

Schreiben etwa: »Mit Sternen übersät ist das Dunkel,
und blaugefroren zittern weit entfernte Gestirne.«

Der Wind der Nacht zieht seine Kreise am Himmel, singend.

Heut nacht kann ich die trübsten, traurigsten Verse schreiben.
Ich liebte sie, und manchmal hatte auch sie mich gerne.

In Nächten, so wie diese, hielt ich sie in den Armen.
Küßte sie viele Male unterm endlosen Himmel.

Sie liebte mich, und manchmal hatte auch ich sie gerne.
Wie denn nicht lieben ihre großen, sicheren Augen.

Heut nacht kann ich die trübsten, traurigsten Verse schreiben.
Denken, daß sie mir fern ist. Fühlen, daß sie verloren.

Hören die öde Nachtluft, öder noch, seit sie fort ist.
Der Vers fällt auf die Seele wie der Tau auf das Grasland.

Was macht's, daß meine Liebe sie nicht bewahren konnte.
Sternbesät ist das Dunkel, und sie ist nicht mehr bei mir.

Das ist alles. Sehr ferne singt irgendwer, sehr ferne.
Mein Herz kann es nicht fassen, daß ich sie nicht mehr habe.

Wie um sie herzuholen, ist mein Herz auf der Suche.
Mein Herz ist auf der Suche, und sie ist nicht mehr bei mir.

Die gleiche Nacht, und weißlich schimmern die
gleichen Bäume.
Aber wir, die von damals, wir sind nicht mehr die gleichen.

Ja, ich liebe sie nicht mehr, doch wie liebte ich, damals.
Zum Wind lief meine Stimme, um an ihr Ohr zu rühren.

Jetzt hat sie wohl ein andrer. Wie einst, eh ich sie küßte.
Den hellen Leib, die Stimme. Die großen, großen Augen.

Ja, ich liebe sie nicht mehr, oder lieb ich noch immer.
So kurz dauert die Liebe und so lang das Vergessen.

Denn in Nächten wie diese hielt ich sie in den Armen.
Mein Herz kann es nicht fassen, daß ich sie nicht mehr habe.

Mag's auch der letzte Schmerz sein, den ich durch sie erleide,
sind's auch die letzten Verse, die ich für sie nun schreibe.

DAS LIED DER VERZWEIFLUNG

Dein Bild entsteigt der Nacht, in der ich erinnernd hause.
Der Fluß verströmt ins Meer seine dauernde Klage.

Verlassen wie die Molen in früher Morgenstunde.
Es ist Zeit für den Abschied, ach, verlassen von allem!

Auf mein Herz fällt ein Regen erfrorner Blütenkronen.
Ach, Scherbengrube, Schreckenshöhle voller Gestrandeter!

In dir häuften sich heillos die Kriege und die Flüge.
Dir entschwebten die Schwingen von Vögeln des Gesanges.

Alles verschlangst du gierig, wie die saugende Ferne.
Wie das Meer, wie der Zeitlauf. Alles in dir war Schiffbruch!

Es gab die frohe Stunde des Überfalls, des Kusses.
Die Stunde starren Staunens, hell glühend wie ein Leuchtturm.

Angst eines Steuermannes, Wut eines blinden Tauchers,
trunkene Liebeswirrnis, alles in dir war Schiffbruch!

Im Kindheitsnebel meine Seele mit wunden Flügeln.
Irrgelaufner Entdecker, alles in dir war Schiffbruch!

Du schmiegtest dich ans Leiden, klammertest dich an
Sehnsucht,
die Schwermut riß dich nieder, alles in dir war Schiffbruch!

Ich machte, daß die Mauer aus Schatten weichen mußte,
und überschritt die Grenzen von Begehren und Handeln.

O Fleisch von meinem Fleische. Weib, geliebt und verloren,
dich ruf ich an in dieser feuchten Stunde und singe.

Wie eine Vase bargst du die unendliche Zartheit,
unendliches Vergessen zerbrach dich, wie die Vase.

Da war die schwarze, schwarze Einsamkeit auf den Inseln,
und dort, Geliebte, dort umschlossen mich deine Arme.

Da waren Durst und Hunger, aber du warst die Frucht mir.
Da war Verfall und Trauer, und du warst mir das Wunder.

Ach, Weib, ich weiß nicht, wie du so fest mich halten konntest
am Erdgrund deiner Seele und am Kreuz deiner Arme.

Mein Verlangen nach dir war schrecklich und ohne Dauer,
ungebärdig und trunken, peinvoll drängend und gierig.

Totenacker und Küsse, noch flammt's aus deinen Gräbern,
noch glühen dort die Trauben, zerpickt von wilden Vögeln.

O zerbissener Mund, oh, die zerküßten Glieder,
oh, die hungrigen Zähne, oh, die verflochtnen Körper.

Oh, die verrückte Paarung von Hoffen und Bemühen,
in der wir uns verknoten und an uns selbst verzweifeln.

Und Zärtlichkeit, so leicht wie das Mehl und leicht
wie Wasser.
Und dann das Wort, nur zaghaft sich von den Lippen lösend.

Dies alles war mein Schicksal, und mit ihm zog die Sehnsucht
und ging mit ihm zugrunde, alles in dir war Schiffbruch!

O Scherbengrube, alles stürzte in deinen Abgrund.
Jedweder Schmerz entquoll dir, Schmerz hat dich
zugeschüttet.

Noch zwischen Sturz und Sturz hast du gelodert, gesungen.
Aufrecht wie ein Matrose vorn am Bug eines Schiffes.

Blühtest noch auf in Liedern, brachst aus, dich wild
verströmend.
O Scherbengrube, bittres Brunnenloch, finster gähnend.

Blaßgrauer, blinder Taucher, glückloser Schleuderschütze,
irrgelaufner Entdecker, alles in dir war Schiffbruch!

Es ist Zeit für den Abschied, die harte kalte Stunde,
welche die Nacht fixiert hat auf jeder Fahrplantafel.

Des Meeres lauter Gürtel legt sich nun um die Küste.
Kalte Sterne erscheinen, schwarze Vögel entfliehen.

Verlassen wie die Molen in früher Morgenstunde.
Nur der zitternde Schatten krümmt sich in meinen Händen.

Ach, schon jenseits von allem. Ach, schon jenseits von allem.

Es ist Zeit für den Abschied. O verlassen, verlassen.

Aufenthalt auf Erden 1 und 2

(1925–1935)

UNGLÜCKLICHE MENSCHLICHE FAMILIE

Ich habe in einigen Essays über meine Dichtungen gelesen, mein Aufenthalt im Fernen Osten habe mein Werk in bestimmten Aspekten, zumal in Aufenthalt auf Erden, *beeinflußt. In der Tat sind meine einzigen Gedichte jener Zeit* Aufenthalt auf Erden, *doch ohne bissig sein zu wollen, scheint mir die These von einem Einfluß ziemlich irrig.*

Die ganze philosophische Esoterik östlicher Länder in ihrer Konfrontation mit dem wirklichen Leben erwies sich als Nebenprodukt der Unruhe, der Neurose, der Ratlosigkeit und des Opportunismus des Westens, das heißt, als Krise der Grundsätze des Kapitalismus. Es gab im Indien jener Jahre kaum Stätten tiefer Nabelschau. Ein Leben brutaler materieller Anforderungen, ein auf letzter Verworfenheit gegründetes Kolonialsystem, Tausende von Toten täglich durch Cholera, Pocken, Fieber und Hunger, Feudalorganisationen, die durch eine riesige Bevölkerung und industrielle Armut aus dem Gleichgewicht gebracht waren, all das verrohte das Leben dergestalt, daß jeder mystische Abglanz schwand.

Aus diesen Gründen beeindruckte mich der Osten als eine große unglückliche menschliche Familie, ohne daß ihre Riten und ihre Götter sich in meinem Bewußtsein niederschlugen. Ich glaube daher nicht, daß meine Dichtung von damals etwas anders spiegelt als die Einsamkeit eines in eine gewalttätige fremde Welt verpflanzten Ausländers.

TANGO DES WITWERS

Mein Privatleben brachte mich in Schwierigkeiten. Die süße Josie Bliss hatte sich in den Kopf gesetzt, sich bis zu krankhafter Eifersucht in mich zu verlieben. Wer weiß, ich wäre sonst vielleicht ewig bei ihr geblieben. Ich empfand Zärtlichkeit für ihre nackten Füße, für die weißen Blüten, die in ihren schwarzen Haaren leuchteten. Aber ihr Temperament trieb sie bis zu wilder Raserei. Sie hegte Eifersucht und Widerwillen gegen die Briefe, die von weit her für mich kamen, sie versteckte meine Telegramme, ohne sie zu öffnen, grollte der Luft, die ich atmete.

Manchmal weckte mich ein Licht, ein Gespenst, das hinter dem Moskitonetz herumgeisterte. Sie war es, weißgekleidet, ihr einheimisches langes geschliffenes Messer schwenkend. Sie war es, die volle Stunden mein Bett umschlich, ohne sich zu meiner Ermordung zu entschließen. Wenn du stirbst, ist meine Angst zu Ende, sagte sie. Am nächsten Tag vollzog sie geheimnisvolle Riten, um sich meiner Treue zu versichern.

Am Ende würde sie mich töten. Zum Glück erhielt ich die offizielle Mitteilung, ich sei nach Ceylon versetzt. Insgeheim bereitete ich meine Reise vor, verließ unter Zurücklassung meiner Kleider und Bücher wie gewöhnlich das Haus und bestieg das Schiff, das mich in die Ferne entführen sollte.

Schmerzerfüllt verließ ich Josie Bliss, das birmanische Pantherweibchen. Kaum begann der Dampfer auf den Wellen des Golfs von Bengalen zu schaukeln, als ich mich niedersetzte und das Gedicht Der Tango des Witwers *schrieb, ein tragisches Stück meiner Dichtung, der Frau gewidmet, die ich verloren und die mich verloren hatte, weil in ihrem Blut rastlos der Vulkan des Zorns brodelte. Welch große Nacht, welch einsame Erde!*

TOTER GALOPP

Wie Aschen, wie sich bevölkernde Meere
in der versunkenen Langsamkeit, im Ungestalten,
oder als hörte man von der Höhe der Wege
die Glockenschläge kreuzweis sich kreuzen,
die diesen schon vom Metall gelösten Klang haben,
verworren, drückend, Staub werdend
in der nämlichen Mühle der allzu fernen,
der erinnerten oder nicht gesehenen Formen,
und der Duft der Pflaumen, die, auf die Erde rollend,
mit der Zeit verfaulen, unendlich grün.

Und das alles so reißend schnell, so lebendig
und dennoch unbeweglich wie die Leerscheibe in sich,
diese Räder von Motoren, letztlich.
Es ist da wie die harten Stiche in den Nähten des Baums,
schweigend ringsum, dergestalt,
alle Konturen seiner Enden mengend.
Aber woher, wohin, an welchem Ufer?
Das stete ungewisse Kreisen, so stumm
wie der Flieder um das Kloster rings,
oder das Gelangen des Todes an des Ochsen Zunge,
der jählings niederbricht, kraftabwärts, und dessen
Stoßhörner klingen wollen.

Darum, im Unbewegten verharrend fühlen,
alsdann, wie ungeheures Flügelschlagen oben,
wie tote Bienen oder Zahlen
was, ach, mein bleiches Herz zu fassen nicht vermag,
in der Menge, in unmerklich hervorbrechenden Tränen
und menschlichen Mühen, Mißgeschicken,
finsteren Taten, die plötzlich sich enthüllen
als Eiseskälte, unermeßliche Verwirrung,
ozeanische, für mich, der singend eintritt
wie mit einem Schwert unter Schutzlose.

Gut denn, und woraus besteht dieses Herzvorschwirren
von Tauben,
das da ist zwischen der Nacht und der Zeit wie eine
feuchte Klamm?
Dieser schon so lange währende Ton,
der, die Wege mit Steinen reihend, fällt,
vielmehr, so eine Stunde nur
unvermutet anwächst, unaufhörlich sich dehnt.

Tief im Ring des Sommers
einmal lauschen die großen Tropenkürbisse
und strecken, dunkel von schweren Tropfen,
ihre erregenden Ranken aus,
der Fülle zu, dem, was sie so sehr ersehnen.

EINHEIT

Etwas Dichtes ist, Vereintes, am Grunde Ruhendes,
das seine Zahl wiederholt, sein identisches Zeichen.
Wie doch gewahrt man, daß die Steine die Zeit
berührten,
in ihrer feinen Materie, aus Salz und Traum,
in der Ruch nach Zeit und das Wasser, herbeigetragen vom
Meer.

Mich umgibt ein und diesselbe Sache, eine einzige Bewegung:
des Erzgesteins Schwere, das Licht der Haut,
sie heften sich an den Klang des Wortes Nacht:
des Weizens Farbe, des Elfenbeins, der Tränen,
die Dinge aus Leder, aus Holz, aus Wolle,
gealtert, verblichen, einförmig,
vereinen sich rings um mich zu Wänden.

Über mir selber kreisend wie über dem Tod der Rabe,
der Trauervogel, arbeite ich fühllos.
Ich sinne, abgesondert an den Rändern des Zeitenlaufs,
in der Mitte, umringt von schweigender Geographie:
eine mäßige Wärme sinkt vom Himmel,
ein äußerster Machtbereich verworrener Einheiten
mich umzingelnd, sammelt sich.

LITURGIE MEINER BEINE

Lange Zeit habe ich ununterbrochen meine
        langwüchsigen Beine betrachtet,
mit unendlicher und neugieriger Zärtlichkeit,
        mit meiner gewohnten Leidenschaftlichkeit,
als wären es die Beine einer göttlichen, ganz
in die Kluft meines Brustkastens zutiefst versunkenen Frau:
und wahrhaftig, es geschieht, wenn die Zeit, die Zeit verrinnt
auf der Erde, auf dem Dach, über meinem unzüchtigen Haupt,
und verrinnt, die Zeit verrinnt und ich nachts in meinem Bett
        nicht spüre, daß da atmend eine Frau ist, nackt
        an meiner Seite schlummernd,
dann nehmen seltsame dunkle Dinge den Platz
        der Abwesenden ein,
lasterhafte schwermütige Gedanken
säen schwerwiegende Möglichkeiten in mein Schlafzimmer,
und dann also betrachte ich meine Beine, als gehörten sie
        einem anderen Leib
und wären stark und angenehm meinem Innersten verhaftet.

Wie Blumenstiele oder wundersame weibliche Gebilde
steigen sie von den Knien auf, zylindrisch und fest,
aus zerrüttetem dichtem Stoff des Daseins;
gleich rücksichtslosen starken Armen einer Göttin,
gleich gräßlich mit Menschenwesen umkleideten Bäumen,

gleich ungeheuren, still und verhängnisvoll, lechzenden Lippen
sind sie dort meines Leibes bester Teil:
vollkommen stofflich, ohne komplizierten Inhalt
an Gefühlen oder Luftröhren oder Eingeweiden oder
Ganglien:
nichts davon, nur das Unvermischte, Süße und Feste meines
eigenen Seins,
und auf vollkommenste Weise dennoch das Leben wahrend.

Die Menschen gehen zur Zeit über unsere Erde
fast ohne daran zu denken, daß sie einen Leib haben und
darin das Leben,
und eine Furcht ist, eine Furcht ist in der Welt vor Worten,
die den Leib bezeichnen,
und man spricht am liebsten von der Kleidung,
es ist tunlich, von Hosen zu sprechen, von Anzügen
und von Frauenunterwäsche
(von Seidenstrümpfen und Strumpfhaltern für
»Damen«)
als liefen in den Straßen vollends leere Kleider und Anzüge
umher
und eine düstere obszöne Garderobe nähme die Erde ein.

Die Kleider haben Dasein, haben Farbe, Form, Zeichnung
und den höchsten Platz in unseren Mythen, viel zuviel Platz,
zuviel Möbel und zuviel Wohnungen sind in der Welt,
und mein Leib lebt heruntergekommen zwischen und unter
so vielen Sachen,
mit einem unlöslichen Gedanken an Sklaverei und Ketten.
Nun gut, meine Knie als außerordentliche
dienstbare sichtbare Knoten
trennen die Hälften meiner Beine aufs bündigste:
und wirklich, zwei verschiedene Welten, zwei verschiedene
Geschlechter
sind voneinander nicht so verschieden wie die Hälften
meiner Beine.

Vom Knie bis zum Fuß eine einzige harte Form,
erzen, kaltblütig nutzhaft, scheint sie
ein Wesen aus Knochen und Ausdauer,
und die Knöchel sind nichts als bloßer Zweck,
letzten Endes bereite Exaktheit und Notwendigkeit.

Ohne Sensualität, kurz und hart und männlich
sind meine Beine dort und mit Muskelpartien
ausgestattet wie ergänzende Tiere,
doch auch dort ist Leben, ein festes zartes lebhaftes Leben,
das, ohne zu beben, ausharrt, abwartet und handelt.
In meinen empfindlichen Füßen,
dauerhaft wie die Sonne und geöffnet wie Blumen,
unermüdliche prachtvolle Soldaten
im grauen Krieg des Raumes,
endet alles, das Leben hat endgültig in meinen Füßen
sein Ende,
dort fängt das Fremde und Feindselige an:
die Namen der Welt, das Begrenzende und das Ferne,
das Selbständige und das Eigentümliche, für die in meinem
Herzen kein Raum,
sie haben mit fester und kalter Beharrlichkeit dort ihren
Ursprung.

Immer
wird es zwischen meinen Füßen und der Erde
hergestellte Dinge geben, Strümpfe, Schuhe,
oder einfach unendliche Luft,
so meines Wesens Abgesondertheit und Einsamsein aufs
äußerste verschärfend,
etwas zwischen mein Leben und die Erde gewaltsam
Unterschobenes,
etwas offenbar Unüberwindliches und Feindliches.

DER TANGO DES WITWERS

O Boshafte, nun wirst du den Brief gefunden haben,
nun wirst du schon geheult haben vor Wut
und wirst die Erinnerung an meine Mutter besudelt
haben,
sie eine verkommene Hündin nennend und Mutter von
Hunden,
nun wirst du, verlassen, mutterseelenallein, den Tee der
Dämmerung bereits getrunken haben,
den Blick auf meine alten, nun immer leeren Schuhe,
und wirst dich schon nicht mehr meiner Krankheiten
erinnern können, meiner nächtlichen Träume,
meiner Mahlzeiten,
ohne mich mit lauter Stimme zu beschimpfen, als wäre ich
noch da
und beklagte mich über die Tropen, die Corringhi-Kulis,
die giftigen Fieber, die mich so zugerichtet haben,
und über die schrecklichen Engländer, die ich noch immer
hasse.

Boshafte, in Wahrheit aber, wie groß ist die Nacht, wie
allein die Erde!
Ich bin wieder in öde Schlafzimmer geraten,
kalt zu frühstücken in Restaurants,
und wieder werfe ich Hemd und Hosen auf den
Boden,
es gibt keine Kleiderhaken in meinem Zimmer, kein Bildnis
von irgendwem an den Wänden.

Wieviel von dem Schatten, der in meiner Seele ist, gäbe ich
her, um dich wieder zu haben,
und wie bedrohlich scheinen mir die Namen der Monate,
und das Wort Winter, welch düsteren Trommelklang hat es.

Später wirst du neben der Kokospalme das Messer vergraben
finden,
das ich dort verbarg, aus Angst, du könntest mich umbringen,
und nun möchte ich auf einmal seinen Küchenstrahl riechen,
der ans Gewicht deiner Hand gewohnt war und an den
Schimmer deines Fußes:
in der Nässe der Erde, zwischen den fühllosen Wurzeln
kann das arme Ding von allen menschlichen Sprachen einzig
deinen Namen wissen,
und das schwere Erdreich begreift deinen Namen nicht,
erschaffen aus göttlichen Substanzen, unergründlichen.

So wie es mich traurig macht, am hellen Tag an deine
Schenkel zu denken,
die wie gestautes hartes Sonnenwasser angeschmiegt,
und der Schwalbe, die in deinen Augen schwebend und
schlummernd lebt,
und des tollwütigen Hundes, den du in deinem Herzen
birgst,
so auch seh ich all die Tode, die von dieser Stunde an
zwischen uns liegen,
und ich atme in der Luft die Asche und das Zerstörte,
den ungeheuren einsamen Raum, der mich umgibt für immer.

Ich gäbe gern das Wehen dieses gewaltigen Meeres her
für deinen hastigen Atem,
in langen Nächten vernommen, frei von Vergessen,
der sich der Luft verhaftet wie die Peitsche dem Fell
des Pferdes.
Und um dich harnen zu hören in der Dunkelheit hinten
im Haus,
als würde ein dünner zitternder hartschlägiger silberner Honig
verschüttet,
wieviel Mal würde ich diesen Schattenchor hergeben, der mir
angehört,

und das Klirren nutzloser Degen, das man in meiner Seele
vernimmt,
und die Taube aus Blut, die einsam in meiner Stirne lebt,
nach entschwundenen Dingen rufend, entschwundenen
Wesen,
Substanzen, seltsam untrennbaren und verlorenen.

NUR DER TOD

Sind verödete Totenäcker,
Gräber voller lautloser Knochen,
und das Herz geht durch einen Stollen,
dunkel, dunkel, dunkel;
wie ein Schiffsuntergang sterben wir dem Innern zu,
als ertränken wir in unserem Herzen,
als stürzten wir aus der Haut hinab in die Seele.

Sind Leichen,
sind Füße aus kaltem klebrigem Grabstein,
es west der Tod in den Knochen,
wie bloßer Laut,
wie ein Gebell ohne Hund,
so kommt er aus manchen Glocken, aus manchen Gräbern,
so schwillt er in der Feuchte an wie das Weinen,
wie der Regen.

Allein gelassen, seh ich zuweilen
Särge gehißten Segels
die Anker lichten mit bleichen Verstorbenen, Frauen
mit toten Zöpfen,
mit Bäckern, wie Engel weiß,
mit grüblerischen jungen Mädchen, verehelicht mit Notaren,
Särge, die den vertikalen Strom der Toten aufwärts fahren,
den maulbeerfarbenen Strom.

hinauf, die Segel gebläht vom Klang des Todes,
vom stummen Klang des Todes gebläht.

Der Tod erreicht das Klingende
wie ein Schuh ohne Fuß, wie ein Kleid ohne Mann,
er kommt und pocht mit einem Ring ohne Stein, ohne Finger,
er kommt und schreit ohne Mund, ohne Zunge, ohne Kehle.
Dennoch hallen seine Schritte,
und sein Gewand tönt stumm wie ein Baum.

Ich weiß nicht, ich kenne wenig, ich bemerke kaum,
aber ich glaube, sein Sang hat die Farbe von nassen Veilchen,
von Veilchen, die an die Erde gewöhnt sind;
denn das Antlitz des Todes ist grün,
und der Blick des Todes ist grün,
von eines Veilchenblatts ätzender Feuchte,
und düster seine Farbe eines erbitterten Winters.

Aber der Tod geht auch als Besen gekleidet durch die Welt,
nach Toten suchend leckt er die Erde,
der Tod ist in dem Besen,
das ist des Todes Zunge, die nach Toten sucht,
das ist des Todes Nadel auf der Suche nach Garn.
In den Bettstellen haust der Tod:
in den weichen Matratzen, in den schwarzwollenen Decken
lebt er hingestreckt, und auf einmal haucht er:
haucht einen dunklen Laut, der die Laken bläht,
und die Betten schwimmen auf einen Hafen zu,
wo er steht und wartet, im Rock eines Admirals.

JOSIE BLISS

Blaue Farbe erloschener Fotografien,
blaue Farbe mit Blütenblättern und Spaziergängen
am Meer,
endgültiger Name, der in die Wochen fällt
stählernen Schlages, der sie tötet.

Welches Kleid, welcher Frühling streift vorüber,
welche Hand sucht unaufhörlich Brüste, Häupter?
Vergeblich sinkt der offenbare Rauch der Zeit,
die Jahreszeiten all vergeblich,
die Abschiede, wo niedergeht der Rauch,
die überstürzten Begebenheiten, die mit dem Degen warten:
auf einmal ist es
wie ein wirrer Überfall von Rothäuten,
der Horizont des Blutes schwankt, etwas ist da,
etwas erregt die Rosenstöcke, zweifellos.

Blaue Farbe von Augenlidern, die die Nacht gestreift hat,
Sterne aus verrottetem Kristall, Fetzen
Haut und schluchzende Schlinggewächse,
Farbe, die der Fluß, sich stoßend, in den Sand höhlt,
Blau, das bereitet hat die großen Tropfen.
Vielleicht lebe ich in einer Straße weiter, die die Luft
zum Weinen bringt
mit einer bestimmten unheilvollen Klage, so,
daß alle Frauen sich in fahles Blau einkleiden:
ich bin an diesem zugeteilten Tage da,
bin wie ein Stein da, auf den ein Büffel tritt,
wie ein zweifellos vergeßner Zeuge.
Schwingenblau eines Vogels aus Vergessen,
das Meer hat seine Gefieder ganz durchnäßt,
seine verdorbene Säure, seine Woge aus bleicher Schwere
bedrängt die Dinge, aufgeschichtet in Winkeln der Seele,
und an die Türen pocht der Rauch vergeblich.

Dort sind sie, dort sind
die durch den Staub geschleiften Küsse neben einem
trostlosen Schiff,
dort sind die verschwundenen Lächeln, die Kleider, die
das Morgengraun rufend, eine Hand ausschüttelt:
es scheint, daß des Todes Rachen kein Antlitz verschlingen
mag,
keine Finger, Worte, Augen:
dort sind sie wieder so wie große Fische, die den Himmel
mit ihrem blauen Stoff, den unbeständig unbesiegbaren,
vollenden.

Dritter Aufenthalt auf Erden

(1937/1947)

Der Spanienkrieg, der meine Dichtung veränderte, begann für mich mit dem Tode eines Dichters.

Welch ein Dichter! Nie wieder habe ich wie bei ihm Anmut und Genie, ein beflügeltes Herz und eine Stimme wie eine kristallne Kaskade vereint gesehen. Federico García Lorca war der verschwenderische Zauberer, war eine Zentrifuge der Fröhlichkeit, die Lebensfreude in ihrem Schoß barg und ausstrahlte wie ein Planet. Naiv und komödiantisch, kosmisch und provinziell, ein einzigartiger Musiker, ein blendender Mime, scheu und abergläubisch, strahlend und gütig, war er eine Art Zusammenfassung der Zeitalter Spaniens, der volkstümlichen Blütezeit; ein arabisch-andalusisches Erzeugnis, das wie ein Jasminstrauch die gesamte Szene jenes ach so entschwundenen Spanien erleuchtete und mit Duft erfüllt.

Im Theater wie in der Stille, in der Menschenmenge und in der Zweisamkeit war er ein Multiplikator der Schönheit. Nie habe ich einen Menschen mit so magischen Händen gesehen, nie einen fröhlicheren Gefährten gekannt. Er lachte, sang, musizierte, sprang, erfand, sprühte. Der Ärmste, er besaß alle Gaben der Welt, und so wie er ein Goldschmied war, ein Bienenkorbbewohner der großen Poesie, war er ein Vergeuder seiner Begabung.

Federico García Lorca wurde nicht erschossen, er wurde ermordet. Natürlich kam niemand auf den Gedanken, er könne einmal umgebracht werden. Von allen Dichtern Spaniens war er der geliebteste, der beliebteste, der dank seiner wunderbaren Fröhlichkeit einem Kind ähnlichste. Wer konnte annehmen, daß es auf der Erde, auf seiner Erde *Ungeheuer gäbe, die imstande waren, ein derart unbegreifliches Verbrechen zu begehen?*

Manuel Altolaguirre druckte weiter. An vorderster Ostfront in der Nähe von Gerona richtete er eine Druckerei in einem alten Kloster ein. Dort wurde auf eigenartige Weise mein Buch *Spanien im Herzen* gedruckt. Ich glaube, wenige Bücher in der seltsamen Geschichte so vieler Bücher haben einen so merkwürdigen Entstehungs- und Schicksalsweg durchgemacht.

Die Frontsoldaten lernten die Drucktypen setzen. Doch dann fehlte Papier. Sie fanden eine alte Mühle und beschlossen, es dort herzustellen. Ein seltsames Mischprodukt entstand zwischen fallenden Bomben mitten in der Schlacht. Alles wurde in die Mühle gesteckt, von einer Fahne des Feindes bis zum blutigen Feldrock eines Maurensoldaten. Trotz des ungewöhnlichen Rohstoffs und der völligen Unerfahrenheit der Fabrikanten wurde das Papier sehr schön. Die wenigen Exemplare, die von diesem Buch erhalten sind, erstaunen durch den Druck und die auf geheimnisvolle Weise hergestellten Bogen. Jahre später sah ich ein Exemplar dieser Ausgabe in der Kongreßbibliothek von Washington, in einer Vitrine ausgestellt als eines der seltensten Bücher unserer Zeit.

ICH WÄHLTE EINEN WEG

Wenn ich auch mein Parteibuch erst viel später, in Chile, erhielt, als ich offiziell in die Partei eintrat, empfand ich mich doch während des Spanienkriegs schon endgültig als Kommunist.

Während diese Horden sich in Madrids blinder Nacht breitmachten, waren die Kommunisten die einzige organisierte Kraft, die ein Heer auf die Beine stellte gegen Italiener, Deutsche, Mauren und die Falangisten. Sie waren gleichzeitig die moralische Kraft, die den antifaschistischen Widerstand und Kampf aufrechterhielt. Mit einem Wort: Ich mußte einen Weg wählen. Und das tat ich in jenen Tagen und habe meine Entscheidung, die ich zwischen der Finsternis und Hoffnung jener tragischen Epoche fällte, nie bereuen müssen.

VEREINIGUNG UNTER NEUEN BANNERN

Wer log? Der Lilie Fuß
gebrochen, dunkel, unergründlich,
ganz voll von Wunden und dunklem Glanz!
Alles, das Maß von Woge zu Woge und Woge
das ungenaue Grab des Bernsteins
und die rauhen Tropfen der Ähre!
In sie lehnte ich meine Brust, ich lauschte all
dem finstern Salz, nachts
ging ich und schlug Wurzeln:
ich ergründete die Bitterkeit der Erde,
alles war für mich Nacht oder Blitz:
Geheimes Wachs füllte mein Haupt
und streute Asche in meine Spuren.

Und für wen suchte ich diesen kalten Puls,
wenn nicht für einen Tod?
Und welches Werkzeug verlor ich dort im vergeßnen
Dunkel, in dem niemand mich hört?
Nein,
            es war nun Zeit, flieht,
Schatten des Blutes,
Sterneneis, weiche zurück beim Nahen menschlicher Schritte
und nimm den schwarzen Schatten von meinem Fuß!

Ich unter den Menschen hatte die gleiche verwundete Hand,
ich halte das gleiche rote Gefäß
und gleiches wildes Erstaunen:
            und eines Tages,
bebend von menschlichem
Traum, kam ein wildes
Roß in meine
verschlingende Nacht,
daß ich vereine meine Wolfsschritte
den Schritten des Menschen.

Und so, neu vereinigt,
stark in meine Mitte gestellt, such ich nicht Zuflucht
in den Gewölben des Weines: ich weise
auf das Haus der Biene: leuchtendes Brot
für die Sonne des Menschen: im Geheimnis bereitet
das Blau sich
zu erschauen ein Korn, dem das Blut endlich fremd ward.
Wo ist dein Sitz der Rose?
Worin ruht dein Sternenlid?
Vergaßest du jene Finger süßen Wahnsinns,
um an den Sand zu rühren?
Friede, mit dir, düstre Sonne,
Friede mit dir, blinde Stirn.
Es gibt einen flammenden Platz für dich auf den Straßen,
Steine gibt es ohne Geheimnis, die auf dich schauen,
Kerkerschweigen mit einem wahnsinnigen Stern,
flüchtig, entblößt, überliefert die Hölle.

Gemeinsam gegen das Schluchzen!
In dieser hohen Stunde
von Erde und Duft sieh dies Antlitz,
eben schrecklichem Salz enttaucht,
sieh auf diesen bitteren Mund hin, der lächelt,
sieh dieses neue Herz, das dich grüßt
mit seiner überströmenden Blüte, entschlossen und golden.

ERKLÄRUNG EINIGER DINGE

Du wirst fragen: Und wo ist der Flieder?
Und die Metaphysik von Mohn zugedeckt?
Und der Regen, der oft die Trommel
seiner Worte schlägt und sie füllt
mit Leere und Vögeln?
Ich will dir jetzt alles sagen, was mir geschieht.

Ich pflegte in einem Viertel
von Madrid zu leben mit Glocken,
mit Uhren, mit Bäumen.

Von da konnte man
das trockene Antlitz Kastiliens sehen
wie einen Ozean aus Leder.
          Man nannte mein Haus
das Haus der Blumen, denn überall
brachen Geranien hervor: es war
ein schönes Haus
mit Hunden und kleinen Kindern.
          Raúl, entsinnst du dich?
Erinnerst du dich, Rafael?
          Federico, erinnerst du dich
dort unter dem Rasen,
entsinnst du dich meines Hauses der Balkone, wo
das Junilicht Blumen in deinem Mund ertränkte?
          Bruder, Bruder!

Alles
war laute Stimmen, Salz von Warenlagern,
Anhäufung herzschlagenden Brotes,
Märkte meines Argüelles-Viertels mit seiner Statue
wie ein fahles Tintenfaß zwischen Stockfischen:
das Öl erreichte die Löffel,
dunkles Getöse
von Füßen und Händen erfüllte die Straßen,
Maße, Liter, scharfe Essenz
des Lebens,
          gestapelter Fisch,
Geweb von Dächern mit kalter Sonne, in der
der Pfeil ermüdet,
wahnsinniges zartes Elfenbein von Kartoffeln,
Tomaten immer wieder bis hinab zur See.

Und eines Morgens brachen Flammen aus allem,
und eines Morgens stiegen lodernde Feuer
aus der Erde,
verschlangen Leben,
und seither Feuer,
Pulver seither,
und seither Blut.

Banditen mit Flugzeugen und Marokkanern,
Banditen mit Ringen und Herzoginnen,
Banditen mit segnenden schwarzen Mönchen
kamen vom Himmel, um Kinder zu töten,
und durch die Straßen das Blut der Kinder
floß einfach, wie das Blut von Kindern.

Schakale, widerwärtig für einen Schakal,
Steine, auf die die trockene Distel gespien hätte,
Vipern, die Vipern verachten würden!

Vor euch habe ich das Blut
Spaniens aufwallen gesehn,
euch zu ersäufen in einer einzigen Woge
von Stolz und Messern!

Generäle
Verräter:
seht mein totes Haus,
seht mein zerbrochenes Spanien:
doch aus jedem toten Haus schießt brennendes Metall
anstelle von Blumen,
aus jedem Loch in Spanien
springt Spanien empor,
aus jedem ermordeten Kind wächst ein Gewehr mit Augen,
aus jedem Verbrechen werden Kugeln geboren,
die eines Tages den Sitz
eines Herzens finden werden.

Ihr fragt, warum seine Dichtung
uns nichts von der Erde erzählt, von den Blättern,
den großen Vulkanen seines Heimatlandes?

Kommt, seht das Blut in den Straßen,
kommt, seht
das Blut in den Straßen,
kommt, seht doch das Blut
in den Straßen!

DER GENERAL FRANCO IN DER HÖLLE DER VERDAMMTEN

Unglückseliger, nicht Feuer noch heißer Essig
im Schlupfloch vulkanischer Hexen, weder
 verschlingendes Eis
noch die verweste Schildkröte, die mit erloschener Weibs-
 stimme keifend und heulend den Bauch dir kratzt,
einen Ehering suchend und ein geköpftes Kinderspielzeug,
werden dir nichts weiter bedeuten als ein dunkles
zertrümmertes Tor.

Tatsächlich.
Von Hölle zu Hölle, was gibt es? In deiner
Legionen Geheul, in der heiligen Milch
der Mütter Spaniens, in der Milch und den zertretenen
 Brüsten
an den Wegen gibt es ein weiteres Dorf, ein weiteres
 Schweigen, eine zerbrochene Tür.

Dort bist du. Finsteres Augenlid, Kot
unheilvoller Hühner der Totengruft, dicker Auswurf,
 Namenszug
des Verrats, den das Blut nicht tilgt. Wer denn, wer bist du,

o elendes Blatt aus Salz, Hund der Erde,
o übelgeborne Schattenblässe.

Es weicht die Flamme aschenlos zurück,
der Salzdurst der Hölle, die Sphären
des Schmerzes erbleichen.

Verfluchter, möge nur das Menschliche
dich verfolgen, mögest du im absoluten Feuer der Dinge
dich nicht verzehren, mögest du auf den Stufen der Zeit
dich nicht verirren und das glühende Glas dich nicht
durchbohren
noch der reißende Meeresschaum.
Verlassen, allein, für all die
zusammengeronnenen Tränen, für eine Ewigkeit
hingemordeter Hände
und verwester Augen, allein in deinem
Höllenloch, stummen Eiter fressend und Blut
für eine verdammte und einsame Ewigkeit.
Du verdienst zu schlafen nicht,
wenn deine Augen auch mit Nadeln zugesteckt: du mußt
wachen, General, ewiglich wachen,
inmitten der Verwesung der jüngst Gebärenden,
kugelzerfetzt im Herbst. Alle, all die traurigen,
starren zerstückten
Kinder, die aufgehängt in deiner Hölle harren
auf diesen eisigen Festtag: deine Ankunft.
Kinder, schwarz von der Explosion,
rote Fetzen Gehirn, Korridore
voll von zartem Eingeweid, alle harren auf dich, alle in der
nämlichen Haltung,
die Straße zu queren, den Fußball zu stoßen,
eine Frucht zu schlürfen, zu lächeln oder geboren
zu werden.

Ach, lächeln! Lächeln sind da,
bereits zerstört vom Blut,
die mit ausgebrochnen verstreuten Zähnen warten,
und Masken aus verworrener Materie, Gesichter, ausgehöhlt
von unaufhörlichem Pulverdampf, und die namenlosen
Gespenster, die schattenhaft
versteckten, die nie ihr Trümmerbett
verließen. Sie alle erwarten dich, die Nacht zu überstehen.

Sie füllen,
verwesten Algen gleich, die Gänge.
Die Unseren sinds, sie waren unser
Fleisch, unser Heil, unser
Friede von Eisenwerken, unser Ozean
aus Luft und Lungen. Durch sie
das unfruchtbare Erdreich erblühte. Nun, jenseits aller Erde,
vernichtete
Substanz geworden, gemordete Materie, totes Mehl,
erwarten sie dich in deiner Hölle.

Da der durchdringende Schrecken aber und der Schmerz
sich verzehren,
erwarten dich weder Schrecken noch Schmerz.
Allein seist du und verdammt,
einsam und wach unter all den Toten
und das Blut stürze in dich wie Regen
und ein mit dem Tode ringender Strom herausgerissener
Augen
blicke dich an, über dich gleitend und strömend ohn Ende.

NEUER LIEBESGESANG, AN STALINGRAD

Ich schrieb über die Zeit und über das Wasser,
ich beschrieb die Trauer und ihr maulbeerfarbenes Metall,
ich schrieb über den Himmel und über den Apfel,
jetzt schreibe ich über Stalingrad.

Die Braut bewahrte mit ihrem Taschentuch einst
den Blitzstrahl auf meiner zärtlichen Liebe,
jetzt ist mein Herz auf der Erde,
im Rauch und im Licht von Stalingrad.

Ich berührte mit meinen Händen das Hemd
der blauen und geschlagenen Dämmerung:
nun berühre ich das Morgendämmern des Lebens,
das aufgeht mit der Sonne von Stalingrad.

Ich weiß, daß der jungalte Schnellvergängliche
der Feder, wie ein Schwan eingebunden,
aufbinden wird seinen notorischen Schmerz
über meinen Liebesschrei an Stalingrad.

Ich lege meine Seele hinein, in was ich will.
Ich nähre mich nicht von abgestumpftem Papier,
von Tinte gewürzt und Tintenfaß.
Ich wurde geboren, um Stalingrad zu besingen.

Meine Stimme hielt inne mit deinen großen Toten,
zermalmt an deinen eigenen Mauern,
meine Stimme tönte wie Glocke und Wind,
da ich dich sterben sah, Stalingrad.

Nun bringen amerikanische Kämpfer,
weiß und dunkel wie Granate,
in der Wüste die Schlange um.
Nun bist du nicht mehr allein, Stalingrad.

Frankreich kehrt auf die alten Barrikaden zurück
mit der Flagge gehißter Wut
über den eben getrockneten Tränen.
Nun bist du nicht mehr allein, Stalingrad.

Und Englands mächtige Löwen,
im Flug über das sturmzerwühlte Meer,
schlagen die Krallen in die braune Erde.
Nun bist du nicht mehr allein, Stalingrad.

Heut, unter deinen Bergen aus Züchtigung,
deine Begrabenen sind nicht mehr allein:
es bebt das Fleisch der Toten,
die deine Stirn berührten, Stalingrad.

Vernichtet werden die eingefallenen Hände,
zermalmt die Augen des Soldaten,
voller Blut sind die Stiefel,
die deine Türen eintraten, Stalingrad.

Dein blauer Stahl errichteten Stolzes,
dein Haar mit gekrönten Planeten,
dein Bollwerk geteilter Brote,
deine düstere Grenze, Stalingrad.

Dein Vaterland aus Hämmern und Lorbeer,
das Blut auf deinem schneeweißen Glanz,
Stalins Blick zum Schnee
mit deinem Blut verwoben, Stalingrad.

Die Ehrenzeichen, die deine Toten der Erde
an die durchbohrte Brust der Erde
geheftet haben, und das Erschaudern
des Todes und des Lebens, Stalingrad.

Das tiefe Salz, das von neuem du trägst
zum Herzen des geängstigten Menschen
mit dem Gezweig roter, deinem Blut
entsprossener Hauptleute, Stalingrad.

Die Hoffnung, die aufbricht in den Gärten
wie des erwarteten Baumes Blüte,
die von Gewehren geprägte Buchseite,
die Lettern des Lichtes, Stalingrad.

Der Turm, den in der Höhe du entwirfst,
die Altäre aus blutbeflecktem Stein,
die Verteidiger deines reifen Alters,
die Söhne deiner Haut, Stalingrad.

Die feurigen Adler deiner Steine,
die von deiner Seele gesäugten Metalle,
die Abschiede unzähliger Tränen
und die Wellen Liebe, Stalingrad.

Die Gebeine tödlich verwundeter Mörder,
die geschlossenen Lider der Invasoren
und die Eroberer, geflüchtet
hinter deinem Blitzstrahl, Stalingrad.

Sie, die den Bogen des Arc de Triomphe demütigten
und die Wasser der Seine durchbohrt haben
mit dem Einverständnis des Sklaven,
sie blieben stecken in Stalingrad.

Sie, die Prag, die Schöne über den Tränen,
über dem Verstummten, dem Verratenen,
seine Wunden tretend, durchzogen,
kamen um in Stalingrad.

Die in Griechenlands Grotte bespien
den Stalaktiten aus verstümmeltem Kristall
und sein klassisches gelichtetes Blau,
wo nun sind sie, Stalingrad?

Die Spanien eingeäschert und zerbrochen,
hinter sich gefesselt ließen das Herz
dieser Mutter von Steineichen und Soldaten,
zu deinen Füßen verfaulen sie, Stalingrad.

Die in Holland Tulpen und Wasser
mit blutigem Schlamm bespritzten
und Schwert und Peitsche verbreiteten,
nun schlafen sie in Stalingrad.

Die in Norwegens weißer Nacht
mit dem Geheul eines angehetzten Schakals
diesen eisigen Frühling verbrannten,
sie verstummten in Stalingrad.

Ehre dir, für das, was herbeiträgt die Luft,
was besingen man muß, und fürs Gesungene,
Ehre für deine Mütter und deine Söhne
und deine Enkel, Stalingrad.

Ehre dem Kämpfer im Meeresdunst,
Ehre dem Kommissar, dem Soldaten,
Ehre dem Himmel hinter deinem Mond,
Ehre der Sonne von Stalingrad.

Bewahre einen Fetzen unbändigen Schaumes mir,
bewahr mir ein Gewehr, bewahre mir einen Pflug,
daß man es lege auf mein Grab
mit einer roten Ähre deines Landes,

damit man wisse, wenn es noch einen Zweifel gibt,
daß in Liebe zu dir ich gestorben und du mich geliebt,
und wenn ich nicht kämpfte an deiner Hüfte,
ich belasse zu deiner Ehre diese dunkle Granate,
diesen Liebesgesang an Stalingrad.

Der große Gesang

(1950)

ISLA NEGRA

Ich gedachte mich meiner literarischen Arbeit mit mehr Hingabe und Kraft zu widmen. Die Berührung mit Spanien hatte mich gestärkt, und ich war gereift. Die bitteren Stunden meiner Dichtung mußten ihren Abschluß finden. Der schwermütige Subjektivismus meiner Zwanzig Liebesgedichte und die schmerzliche Leidenschaftlichkeit von Aufenthalt auf Erden gingen ihrem Ende zu. Mir schien, als wäre ich einer unterirdischen Ader auf der Spur, nicht im unterirdischen Gestein, sondern zwischen den Blättern der Bücher. Kann Dichtung unseresgleichen nützen? Kann sie die Kämpfe der Menschen begleiten? Lange genug war ich auf dem Gelände des Irrationalen und Negativen gewandelt. Ich mußte einhalten und den Weg des Humanismus finden, der verbannt war aus der zeitgenössischen Literatur und doch so tief verwurzelt im Trachten des Menschen. Ich machte mich an meinen Großen Gesang.

Dafür benötigte ich einen Arbeitsplatz. Ich fand ein Steinhaus am Ozean, in einem völlig unbekannten Ort namens Isla Negra. Der Eigentümer, ein alter spanischer Sozialist und Schiffskapitän, Don Eladio Sobrino, baute es gerade für seine Familie, war aber bereit, es mir zu verkaufen. Aber wie es kaufen? Ich bot das Projekt meines Buches Der Große Gesang dem Verlag Ercilla an, der bislang meine Werke veröffentlicht hatte, wurde aber abgewiesen. Mit Hilfe anderer Verleger, die den Hausbesitzer direkt bezahlten, konnte ich schließlich im Jahre 1939 mein Arbeitshaus in Isla Negra kaufen.

Die Idee eines Hauptgedichts, das die historischen Begebenheiten, die geographischen Bedingtheiten, Leben und Kämpfe unserer Völker zusammenfaßte, stand mir als dringende Aufgabe vor Augen. Die wilde Küste von Isla Negra mit ihrem ozeanischen Aufruhr gestattete mir, mich mit Leidenschaft der Aufgabe meines neuen Gesangs zu widmen.

MACCHU PICCHU

Ich kann nur in meinem eigenen Land leben; ich kann nicht leben, ohne es mit Füßen, Händen und Ohren zu berühren, ohne den Kreislauf seiner Gewässer und Schatten zu fühlen, ohne zu spüren, wie meine Wurzeln im Schlamm die Muttersubstanzen suchen.

Doch bevor ich in Chile ankam, machte ich eine weitere Entdeckung, die meine Dichtung um eine neue Dimension bereicherte. Ich unterbrach meine Reise in Peru und kletterte zu den Ruinen von Macchu Picchu hinauf. Wir machten den Aufstieg zu Pferd. Es gab damals noch keine Straße. Von der Höhe aus sah ich die von den turmhohen Gipfeln der grünen Anden umgebenen alten Steinbauten. Von der verfallenen, im Laufe der Jahrhunderte zerbröckelten Festung stürzten Gießbäche zu Tal. Weiße Nebelmassen stiegen vom Flußbett des Wilcamayo auf. Ich fühlte mich winzig im Mittelpunkt dieses Nabels aus Stein, Nabel einer unbewohnten, stolzen, hervorragenden Welt, der ich in irgendeiner Beziehung angehörte. Ich fühlte, daß meine eigenen Hände hier in längst vergangener Zeit gearbeitet, Furchen gegraben und Felsblöcke geschichtet hatten.

Ich fühlte mich als Chilene, Peruaner, Amerikaner. Auf diesen schwer zugänglichen Höhen, zwischen den ruhmreichen, verstreuten Ruinen hatte ich ein Glaubensbekenntnis für die Fortsetzung meines Gesangs gefunden.

Dort entstand mein Gedicht Die Höhen von Macchu Picchu.

AMERIKALIEBE (1400)

Vor Perücke und Seidenfrack
waren die Ströme, Ströme arterienhaft,
waren die Cordilleren, auf deren kahler Welle
der Condor und der Schnee unbeweglich schienen:
war die Feuchte und das Dickicht, der noch
namenlose Donner, die Planetensteppen.

Erde war der Mensch, Gefäß, Lidschlag
des zitternden Lehms, Gebild aus Erdenton,
war karibischer Krug, Chibcha-Stein,
kaiserlicher Pokal oder araukanischer Kiesel.
Zart und grausam war er, aber in den Knauf
seiner Waffe aus benetztem Kristall
eingezeichnet waren
der Erde Initialen.
                Niemand vermochte
später sich ihrer zu erinnern: der Wind
vergaß sie, die Sprache des Wassers
wurde verscharrt, die Schlüssel gingen verloren
oder wurden von Schweigen überflutet oder Blut.

Nicht verloren ging das Leben, hirtenhafte Brüder.
Aber einer wilden Rose gleich
fiel ein roter Tropfen ins Dickicht,
und eine Erdenlampe erlosch.

Ich bin hier, der Geschichte Lauf zu erzählen.
Vom Steppenfrieden des Büffels
bis zu den gepeitschten Gestaden,
wo die Erde endet, im angehäuften
Schaum des antarktischen Lichts
und in den steilabstürzenden Felshöhlen
des düstren venezolanischen Schweigens
suchte ich dich, mein Vater,

junger Krieger du aus Dunkelheit und Kupfer,
oder dich, bräutliche Pflanze, Haarflut unbändig,
Kaimanenmutter, metallene Taube.

Ich, Inkamächtiger des Schlammes,
rührte an den Stein und sprach:
Wer
erwartet mich? Und preßte die Finger
um eine Handvoll tauben Kristalls.
Aber zwischen Zapotecablüten schritt ich,
und sanft war das Licht wie ein Edelwild
und der Schatten ein grünes Augenlid.

Du mein namenloses Land, ohne Namen Amerika,
der Äquinoktien Blütenfaden, Purpurlanze,
dein Duft klomm auf zu mir durch meine Wurzeln
bis zur Schale, die ich austrank, bis zum zartesten
Wort, noch ungeboren von meinem Munde.

DIE HÖHEN VON MACCHU PICCHU

I

Von Himmelsstrich wandernd zu
Himmelsstrich,
kam ich, einem leeren Netze gleich, in die Straßen und
die Hülle
der Luft und gab bei des Herbstes Ankunft der
ausgestreuten Münze
der Blätter und, inmitten des Frühlings und der Ähren,
dem das Geleit, was die höchste Liebe
wie im Innern eines abgestreiften Handschuhs uns darbringt
wie einen reifen Mond.

(Tage lebendigen Glanzes in der Unbeständigkeit
der Körper: Waffenschärfe, verwandelt
zum Schweigen der Bitterkeit:
Nächte, ausgefasert bis zum letzten Staub Mehl:
angefallene Blütenfäden des bräutlichen Vaterlands.)

Jemand, der zwischen Violinen mich erwartete,
fand eine Welt wie einen begrabenen Turm,
der seine Spirale tief unter alle Blätter
von greller Schwefelfarbe senkte:
tiefer, hinein in das Gold der Geologie;
gleich einem von Meteoren umhüllten Schwert
tauchte ich die ungestüme und sanfte Hand
in des Irdischen stärkste Zeugungskraft.

Ich senkte in die Wogentiefe das Antlitz,
glitt inmitten schweflichten Friedens tropfengleich nieder,
und, ein Geblendeter, kehrte ich zurück zum Jasmin
des verbrauchten menschlichen Frühlings.

2

Wenn auch die Blume der Blume den hohen
Fruchtkeim reicht
und der Fels seinen weitverstreuten Blumen
Leben gewährt
auf seinem abgeschlagenen Kleid aus Diamant und Sand,
zerdrückt der Mensch jedoch das Blütenblatt des Lichts,
das er pflückt
an den entschlossenen Quellen der Meere,
und mit seinen Händen durchbohrt er das zuckende Metall.
Und alsbald, auf der eingesunkenen Hochfläche,
zwischen Wandung und Rausch bleibt
als eine verwirrte Größe die Seele:
Quarz und Sorge, Tränen im Ozean,
wie Weiher der Kälte: aber noch immer

tötet er sie, quält sie zu Tode mit Akten und Haß,
versenkt sie in des Alltags dumpfen Teppich, zerfetzt sie
in der feindlichen Umkleidung der Drähte.
Nein: in Gängen, Lüften, Meer oder Wegen,
wer bewahrt ohne Dolch (gleich fleischroten
Blüten des Mohns) sein Blut? Zorn hat die traurige
Ware des Menschenhändlers erschöpft;
und währenddessen auf des Pflaumenbaums Wipfel hinterläßt
seit tausend Jahren
seine transparente Botschaft der Tau,
auf dem immergleichen Gezweig, das ihn erwartet,
o Herz, o Stirn,
zermalmt in des Herbstes Leeren:
Wie oft, in den Straßen des Winters einer Stadt oder in
einem Autobus oder Schiff im Dämmerlicht, oder in
der undurchdringlichsten Einsamkeit, die einer Festnacht,
unter dem Hall
von Schatten und Glocken, in der nämlichen Grotte
menschlicher Freuden,
wollte ich haltmachen, die ewige Ader zu suchen,
die unergründliche, die ich einst im Stein berührte und
im Blitz, den der Kuß auslöste.

(Das, einer goldgelben Geschichte kleiner trächtiger
Brüste gleich,
im Getreide einen Wert wiederholt,
der in den Keimschichten unaufhörlich Zartheit ist
und der, gleichbedeutend immer, sich ausstreut in Elfenbein,
oder auch, was im Wasser transparente Heimat ist, Glocke,
vom abgeschiedenen Schnee herab bis zu den
bluthungrigen Wellen.)

Ich konnte nur ein Bündel Gesichter und herabgestürzter
Masken erfassen wie Ringe aus taubem Gold,

wie umhergestreute Gewänder, Töchter eines wütenden
Herbstes,
der zittern machte den elenden Baum der erschrocknen
Geschlechter.
Da war kein Ort, die Hand auszuruhn,
der, strömend wie Wasser eines gefangenen Quells
oder fest wie ein Brocken Anthrazit oder Kristall,
die Wärme zurückgegeben hätte oder die Kälte meiner
hingestreckten Hand.
Was war der Mensch? In welchem Teil seines offenen
Gesprächs
zwischen Läden und Gelärm, in welcher seiner metallenen
Regungen
lebte das Unzerstörbare, das Unvergängliche, das Leben?

3
Wie Mais entkörnte sich der Mensch in die
unerschöpfliche
Kornkammer vergeblicher Taten, erbärmlicher
Geschehen, vom ersten zum siebten, zum achten;
und nicht ein Tod, sondern viele Tode erreichten einen
jeden:
tagtäglich ein kleiner Tod, Staub, Gewürm und Lampe,
die im Vorstadtschlamm erlosch, ein kleiner Tod mit
starken Flügeln
drang wie eine kurze Lanze in den Menschen,
und umzingelt von Brot und Messer war der Mensch,
der Herdenzüchter, der Sohn der Häfen oder der
Pflugschar dunkelhäutige Lenker,
oder der hungrige Nager der dichtgedrängten Straßen:
ihren Tod erwartend, ihren kleinen alltäglichen Tod,
verlöschten alle:
und ihr Zerbrechen, unselig, an jeglichem Tag war
wie ein schwarzer Kelch, den sie zitternd tranken.

4

Der machtvolle Tod, er lud mich oftmals ein:
er war wie in den Wogen unsichtbar das Salz,
und was sein unmerklicher Geschmack verbreitete,
war wie von Abgrund und Gipfel die Mitte
oder unermeßliches Bauwerk aus Wind und Firn.

Zum Grat, dem eisenharten, kam ich, in die Dünne
der Luft, zum Leichentuch von Ackerbau und Gestein,
zu der letzten Stufen Sternenleere,
zur schwindelerregenden Spiralenstraße:
du aber, offenes Meer, o Tod! nahst nicht von Woge
zu Woge,
sondern als Ansturm nächtlicher Klarheit
oder als die totale Summe der Nacht.

Niemals kamst du, in Taschen zu wühlen, dein Erscheinen
war ohne rote Gewandung nicht möglich,
ohne des Frührots Teppich aus ummauertem Schweigen,
ohne großes und begrabenes Vermächtnis von Tränen.

Ich vermochte nicht in jedem Wesen einen Baum zu lieben
mit seinem
dünnen Herbst auf den Schultern (den Tod von
tausend Blättern),
all die unwahren Tode und Auferstehungen
ohne Welt, ohne Abgrund:
schwimmen wollte ich im weitesten Leben,
in den weltoffensten Mündungen,
und als sich nach und nach der Mensch mir entzog
und Weg und Tür verschloß, daß
meine quellentstiegenen Hände nicht rührten an seine
schmerzliche Unexistenz,
da ging ich von Straße zu Straße und Fluß zu Fluß
und Ort zu Ort und Bettstatt zu Bettstatt,

und meines Angesichts salzige Maske querte die Einöde,
und in den letzten erniedrigten Häusern ohne
Lampe, ohne Feuer,
ohne Brot, ohne Mauerstein, ohne Ruhe, allein,
ich wand strebend mich in meinem eigenen Tod.

5
Großer Tod, Vogel mit eisernen Schwingen,
du warst es nicht,
den der armselige Erbe der Hausungen
unter der leeren Haut trug bei heruntergeschlungener
Nahrung,
etwas war es, eines zerstörten Seiles nichtiger Rest,
ein Atom der Brust, die nicht zum Kampfe kam,
oder der herbe Tau, der nicht auf die Stirne fiel.
Was nie wiedererstehen kann, war es, ein Stück
des erbärmlichen Todes ohne Frieden, ohne Land:
ein Knochen, eine Glocke, die in ihm starben.
Ich nahm die Jodbinden ab, tauchte die Hände
in die dürftigen Schmerzen, die den Tod ertöteten,
und fand in der Wunde nichts denn einen eisigen
Windhauch,
der durch die flüchtigen Risse der Seele drang.

6
Damals bin ich die Treppe der Erde
emporgestiegen
zwischen grausem Gestrüpp verlorener Wälder
bis zu dir, Macchu Picchu.
Hohe Stadt aus stufigem Gestein,
endlich Wohnstatt dem, der das Irdische
nicht verbarg in schlafbefallenen Gewändern.

In dir wiegte sich wie zwei parallele
Linien des Blitzes und des Menschen
Wiege in einem Dornenwind.

Mutter des Steins, Schaumkrone der Condore.

Der Menschheitsdämmerung hohes Riff

Schaufel, im ersten Sande verloren.

Dies war die Wohnstatt, dies ist der Ort:
hier stiegen die prallen Maiskörner aufwärts
und fielen, ein roter Hagel, von neuem nieder.

Hier wuchs, die Liebste zu schmücken,
die Totenmale, die Mütter, den König,
die Gebetstatt, die Krieger, des Lamas goldenes Haar.

Hier ruhten zur Nacht des Menschen Füße aus
neben den Fängen des Adlers in den hochgelegenen
grausigen Höhlen, und im Schein des Frührots
zertraten sie mit Donners Füßen den gelichteten Nebel
und rührten an Erdreich und Steine,
bis sie sie erkannten in Nacht und Tod.

Ich sehe die Gewänder und die Hände,
des Wassers Spur in der hallenden Leere,
die Mauer, besänftigt durch eines Angesichts zarte
Berührung,
das mit meinen Augen ansah die Erdenlampen,
das mit meinen Händen die Hölzer, die verschwundenen,
ölte: denn Gewandung, Fell, Gefäße,
Worte, Wein und Brote,
alles schwand dahin, fiel zur Erde.

Und mit Orangenblütenfingern drang
die Luft auf alle die Schlafenden ein:
tausend Jahre aus Luft, Monate, Wochen aus Luft,
aus blauem Wind, aus eisenharter Cordillere,
die wie Schritte sanfter Orkane waren,
Glanz verleihend dem einsamen Bereich des Gesteins.

7
Tote eines einzigen Abgrunds, Schatten
einer Schlucht,
der unergründlichen, es ist, als ob nur Größe
eurer Hoheit
der wahre Tod kam,
der allverzehrende, und von den durchbohrten Felsen,
von den scharlachroten Kapitellen,
den aufklimmenden Aquädukten herab
ihr euch stürztet wie in einem Herbst
in ein einziges Sterben.
Heute klagt die leere Luft nicht mehr,
kennt sie nicht mehr eure tönernen Füße,
schon vergaß sie eure Krüge, die filterten den Himmel,
als des Blitzes Messer ihn ausfluten ließen,
und verschlungen vom Nebel, vom Windschlag
gefällt ward der machtvolle Baum.

Er stützte eine Hand, die jählings niederbrach
aus der Himmelhöhe bis ans Zeitenende.
Ihr seid nicht mehr: Spinnenhände, schwächliche
Fasern, verwirrtes Geweb:
soviel ihr auch waret, es fiel: Gebräuche, kahle
Silbenklänge, Masken blendenden Lichts.

Aber ein Dauern von Stein und Wort:
erhob sich die Stadt, ein Gefäß in den Händen

aller, der Lebenden, Toten, Verstummten, von soviel Tod
getragen eine Mauer, von soviel Leben ein Pulsschlag
steinerner Blüte: die währende Rose, die Wohnstatt:
dieses andinische Riff der Eismetropolen.
Da die lehmfarbene Hand sich
in Lehm verwandelte, da die feinen Augenlide, erfüllt
von schroffem Gemäuer, von Kastellen bevölkert, sich
schlossen
und jeglicher Mensch sich seiner Gruft verwob,
blieb das errichtete Maß der Vollkommenheit zurück:
der erhabene Sitz des menschlichen Frührots,
das höchste Gefäß, das die Stille barg:
ein Leben aus Stein nach so vielen Leben.

8
Steig empor mit mir, amerikanische Liebe.

Küsse die verschwiegenen Steine mit mir.

Des Urubambas reißendes Silber
läßt den Pollen hinfliegen zu seinem gelben Wipfel.
Es schwebt die umschlungene Leere der Schlinggewächse,
die steinerne Pflanze, das harte Blumengewind
über dem Schweigen der gipfelumstandenen Schlucht.
Komm, winziges Leben, unter die Fittiche
der Erde, während du – Kristall und Kälte,
gepeitschte Luft, getroffene Smaragde abspaltend,
o wildes Gewässer, niederströmst vom ewigen Schnee.

Liebe, Liebe bis in die steile Nacht;
vom klingenden Kieselgestein der Anden
hin zur Morgengöttin mit rosenroten Knien
schaut versunken des Schnees geblendeter Sohn.

O Wilkamayu der hell tosenden Wasserbahnen,
wann zerschellst du deinen linearen Donner
zu weißem Schaum gleich versehrtem Schnee,
wann singt und züchtigt, den Himmel weckend,
dein steil herniederfahrender Sturm,
welche Sprache, deinem andinischen Schäumen mühsam
entrissen, trägst du an mein Ohr?

Wer fing den Blitz der Eiseskälte
und hielt ihn gefesselt in diesen Höhn,
aufgeteilt in eisige Tränen,
geschüttelt in rasenden Schwertern,
in sein Kriegerbett geleitet und,
die kampfgehärteten Blütengriffel peitschend,
jählings geschleudert an sein Felsenende?

Was besagt dein wild gejagtes Funkeln?
Dein verborgener rebellischer Blitz,
fuhr er vormals, von Worten belebt, dahin?
Wer wird vereiste Silben aufbrechen,
nachtdunkle Sprachen, Standarten von Gold,
unergründliche Munde, Schreie, unterdrückt
in deinen schmalen Wasseradern?

Wer wird der Blumen Lider abschneiden,
die von der Erde heraufblicken wollen?
Wer wirft die toten Dolden hinab,
die niedersinken in deine Kaskadenhände,
um auszustreuen ihre entkernte Nacht
in die Kohle der Geologie?

Wer stürzt den Zweig hinab der menschlichen Bande?
Wer begräbt die Abschiede noch einmal in Vergessen?

Liebe, o Liebe, rühre du nicht an die Grenze,
noch das versunkene Haupt bete an:

laß geschehen, daß im Haus
der zerschellten Quellen die Zeit ihre Größe vollende
und, zwischen den eiligen Wassern und Mauern,
des Engpasses Luft umfange,
des Winds parallele Klingen,
der Cordilleren blendendes Hochtal,
des Morgentaus herben Gruß
und aufsteige durchs Dickicht, Blüte um Blüte,
die herabgestürzte Schlange zertretend.

In der schroffen Zone, Gestein und Wald,
Staub grüner Sterne, lichte Wildnis,
blitzt wie ein lebendiger See auf oder wie ein junger
Grund des Schweigens der Fluß Mantur.
Komm in mein eigenes Leben, in mein Morgengrauen,
bis zu den gekrönten Einsamkeiten.

Noch lebt das tote Reich.

Und auf der Steinuhr kreuzt gleich einer schwarzen
Karavelle
des Condors blutdürstender Schatten.

9

Siderischer Adler, Weinberg aus Nebel.
Verlorene Bastion, blendender Sarras.
Gestirnter Gürtel, festliches Brot.
Aufströmende Treppe, unermeßliches Lid.
Dreieckige Tunika, Pollen aus Stein.
Granitene Leuchte, Brot aus Stein.
Erzene Schlange, Rose aus Stein.
Begrabener Segler, Quell aus Stein.
Mondes Pferd, Helle aus Stein.
Winkelmaß der Äquinoktien, Dunst aus Stein.

Endgeometrie, Buch aus Stein.
Scholle, in Sturmböen gepflügt.
Sternkoralle der versunkenen Zeit.
Steinwall, geschmeidigt von Fingern.
Himmelsdach, vom Gefieder bekämpft.
Spiegel-Gezweig, Grundfesten des Sturms.
Throne, von der Schlingpflanze gestürzt.
Herrschaft der blutdürstenden Kralle.
Stürmender Meerwind, vom Steilhang gehalten.
Erstarrter Türkiskatarakt.
Patriarchalische Glocke der Entschlummerten.
Metallring der bezwungenen Schneegefilde.
Eisen, auf seinen Bildsäulen ruhend.
Unerreichbar umschloßnes Gewitter.
Pumatatzen, blutgieriger Fels.
Turmhut auf dem Haupt der Welt, Schneediskussion.
Nacht, in Fingern erhoben und Wurzeln.
Auslug der Nebel, steingehärtete Taube.
Nachtgeborenes Gewächs, Standbild des Donners.
Wesentlicher Gebirgszug, des Meeres Dach.
Architektur verlorener Adler.
Tönende Himmelssaite, Biene der Gipfel.
Des Blutes Niveau, erbautes Gestirn.
Luftgebild von Erz, Mond aus Quarz.
Andenschlange, amarantene Stirn.
Kuppel des Schweigens, makelloses Vaterland.
Braut des Meeres, Kathedralenbaum.
Salzgezweig, Kirchbaum mit schwarzen Schwingen.
Verschneites Felsgebiß, eiskalter Donner.
Zerschrundener Mond, bedrohlicher Stein.
Mähne der Kälte, Tat der Luft.
Vulkan von Händen, düsterer Katarakt.
Silberwoge, Richtung der Zeit.

10

Stein im Gestein! wo war er, der Mensch?
Luft in der Luft! wo war er, der Mensch?
Zeit in dem Zeitenlauf! wo war er, der Mensch?
Warst auch du das kleine Bruchstück
des unvollendeten Menschen, des ausgehöhlten Adlers,
der durch die heutigen Straßen, der in den alten Spuren,
der durch die Blätter des verblichenen Herbstes
geht, die Seele bis ans Grab zerstörend?
Die arme Hand, der Fuß, das armselige Leben …
Die Tage des Lichts,
zerstäubt in dir wie Regen
auf den Banderillas des Stierkampfs,
legten sie Blütenblatt um Blütenblatt ihrer dunklen Nahrung
in den leeren Mund?
Hunger, Koralle des Menschen,
Hunger, geheimes Gewächs, der Holzfäller Wurzel,
Hunger, stieg die Linie deines Riffs
bis zu diesen hohen Türmen auf, den zerfallenen?

Ich befrage dich, Salz der Wege,
weise die Schaufel mir, laß mich, Architektur,
mit einem Stecken die steinernen Blütengebilde zerschaben,
alle Stufen des Luftraums erklimmen bis ins Leere hinauf
und das Innerste aufwühlen, bis ich den Menschen
berühre.

Macchu Picchu, legtest du
Stein auf Stein und in den Baugrund das zerlumpte
Gewand?
Kohle auf Kohle und in die Tiefe die Träne?
Feuer ins Gold und dahinein zitternd den roten
Riesentropfen Blut?
Gib mir den Sklaven wieder, den du begrubst!
Schüttle aus dem Erdreich des Elenden
hartes Brot, zeige die Kleider mir

des Fronenden und sein Fenster.
Sag mir, wie er, da er noch lebte, schlief.
Sage mir, ob rauh
sein Schlaf war, klaffend wie ein schwarzes Loch,
und vor Erschöpfung getan auf der Mauer.

Die Mauer, die Mauer! Sag, ob auf seinem Schlaf
lastete jedes Stockwerk aus Stein, ob unter der Mühsal
er umsank in seinen Schlaf wie unter einem Mond!
Antikes Amerika, versunkene Braut,
hüteten auch deine Finger,
da du aus der Wildnis aufbrachst zur himmelshohen Leere
der Götter,
dich dem Dröhnen der Tambore mischend und der Lanzen,
unter den bräutlichen Fahnen des Lichts und edler Sitte,
auch deine, auch deine Finger,
sie, die die abstrakte Rose und die Linie der Kälte, sie,
die des jungen Getreides blutrote Brust übertrugen
auf das Geweb strahlender Materie, auf unzerstörbare
Höhlungen,
hütetest auch du, auch du, versunkenes Amerika, im
Allertiefsten,
im bitteren Eingeweid wie ein Adler den Hunger?

II

Tief durch den wirren Glanz,
tief durch die Nacht aus Stein laß die Hand mich
strecken,
laß zu, daß des Vergessenen altes Herz
in mir wie ein tausend Jahre gefangener Vogel zuckt!
Laß dieses Glück mich heut vergessen, das größer als
das Meer,
denn größer als das Meer und seine Inseln ist der Mensch,

und wie in einen Brunnen muß man in ihn senken, um
aufzusteigen
vom Grund mit einem Strauß heimlicher Tränen
und versunkener Wahrheiten.
Laß mich vergessen, ungeheurer Fels, die machtvolle
Proportion,
das überirdische Maß, einer Honigwabe Steine,
und von dem Dreiecksgefüge laß heut meine Hand
hingleiten auf die Hypotenuse aus herbem Blut und
härnem Hemd.
Wenn der ergrimmte Condor gleich einem Huf aus roten
Käferflügeln
meine Schläfen trifft im Verlauf seines Flugs
und der Orkan blutdürstender Federn von den diagonalen
Treppen
den düstren Staub fegt, ich blicke nicht auf das rasende Tier,
nicht auf den blinden Zyklus seiner Krallen;
ich sehe den ehemaligen Menschen, den Dienenden, auf
den Feldern
den Schläfer, seh einen Leib, tausend Leiber, unter
schwarzen Böen,
einen Mann, tausend Frauen, von Regen schwarz
und Nacht,
beladen mit der Statue lastendem Stein:
Juan Steinbrecher, Wiracochas Sohn,
Juan Ißkalt, grünen Sternes Sohn,
Juan Barfuß, Enkel des Türkis,
steige auf, mit mir zum Leben zu erwachen, Bruder.

12

Steige auf, mit mir zum Leben zu erwachen,
Bruder.
Reich mir die Hand aus der tiefen

Zone deines vergossenen Schmerzes.
Du wirst nicht wiederkehren vom Grund der Felsen.
Du wirst nicht wiederkehren aus der unterirdischen Zeit.
Nicht wiederkehren wird deine verhärtete Stimme.
Nicht wiederkehren deine durchbohrten Augen.
Blick aus der Erdentiefe mich an,
Bauer, Weber, schweigsamer Hirt:
Bändiger wilder, Schutz gewährender Lamas:
Maurer des trutzenden Baugerüsts:
Wasserträger der andinischen Tränen:
Goldschmied mit zermalmten Fingern:
Landmann, um das Saatkorn zitternd:
Töpfer du, in deine Tonerde verströmt:
bringt eure alten erdbedeckten Schmerzen
zum Kelch dieses neuen Lebens.
Weist mir euer Blut und eure Strieme,
sagt mir: hier wurde ich gezüchtigt,
weil das Geschmeid nicht glänzte oder die Erde
den Stein nicht hergab zur rechten Zeit oder das Korn:
bezeichnet den Stein mir, auf den ihr stürztet,
und das Holz, an das man euch schlug,
entflammt mir die alten Feuersteine,
die alten Lampen, die Peitschen,
Jahrhunderte hindurch den Wunden verhaftet,
und die Beile mit blutigem Glanz.
Ich komme, zu reden durch euren toten Mund.
Durch das Erdreich hindurch vereint alle
die schweigenden und verstreuten Lippen,
und aus der Tiefe sprecht diese ganze lange Nacht zu mir,
als ob ich verankert wäre mit euch,
erzählt mir alles, Fessel für Fessel,
Glied für Glied der Ketten und Schritt um Schritt,
schärft, die ihr verwahrtet, die Messer,
legt sie an meine Brust, in meine Hand
wie eine Flut von gelben Blitzen,
wie einen Strom erdvergrabener Tiger,

und laßt mich weinen, Stunden, Tage, Jahre,
blinde Zeitenläufte, Sternjahrhunderte.

Gebt mir die Stille, das Wasser, die Hoffnung.

Gebt mir den Kampf, das Eisen, die Vulkane.

Neigt mir die Körper wie Magneten zu.
Eilt her an meine Adern, an meinen Mund.

Redet durch meine Worte und mein Blut.

SIE KOMMEN AUF DIE INSELN (1493)

Die Menschenkinder verheerten die
Inseln.
Guahaní war die erste
in der Geschichte der Todesmartern.
Des dunklen Erdentons Söhne sahen ihr Lächeln
verwüstet, ihre zerbrechliche
Wildgestalt geschlagen,
und selbst im Tode begriffen sie nicht.
Sie wurden mit Stricken gebunden, verwundet,
wurden verbrannt, zu Asche verzehrt,
wurden zerfleischt und in die Erde gescharrt.
Und als dann die Zeit sich im Walzertakt
drehte in Palmenwäldern im Tanz,
war der grüne Ballsaal leer.

Nur Knochen blieben zurück,
starr aufgeschichtet
in Kreuzesform, zum größeren
Ruhme Gottes und der Menschen.

Von den großen lehmigen Inseln
und dem Astgewirr von Sotavento
bis zu den Korallenmoosgruppen
schlug das Messer des Narváez Wunden.
Hier das Kreuz, hier der Rosenkranz,
hier die Heilige Jungfrau vom Würgeholz.
Columbus' Kleinod, das phosphoreszierende Kuba,
empfing die Reiterstandarte, die Knie
auf dem nassen Sand.

AUFSTÄNDISCHES AMERIKA (1800)

Unsere Erde, endlose Erde, Einsamkeiten,
bevölkerte sich mit Geraun, Armen und Mündern.
Eine verschwiegene Silbe begann zu lohen,
die geheime Rose zusammenrufend,
bis die Grassteppen bebten,
von Metallen überzogen und Pferdegalopp.

Wie eine Pflugschar hart war die Wahrheit.

Aufbrach sie die Erde, gründete das Verlangen,
versenkte ihre keimträchtigen Lehren
und trat im heimlichen Frühling ans Licht.
Zum Schweigen gebracht ward ihr Blühen, zurückgewiesen
ihr Bund der Helle, bekämpft
der gemeinschaftliche Gärstoff, der Kuß
der verborgenen Banner,
doch, die Wände zerbrechend, brach sie hervor,
den Boden von Kerkern befreiend.

Das dunkelhäutige Volk war ihr Gefäß,
es empfing die zurückgewiesene Lebenssubstanz,
verbreitete sie an den Meeresgrenzen,

stieß sie in unbändigen Mörsern klein.
Und es trat mit den gehämmerten Seiten
und mit dem Frühling hinaus auf den Weg.

Stunde des Gestern, Mittagsstunde,
heutige Stunde wieder, Stunde zwischen der toten
Minute und der, die ersteht, erwartet
in der stachlichten Ära der Lüge.

Vaterland, du wurdest von Holzfällern erschaffen,
von unbenannten Söhnen, von Tischlern,
von ihnen, die, gleich einem seltsamen Vogel,
einen Tropfen beflügelten Bluts dir gaben,
und heute erstehst du von neuem in Härte,
von dorther, wo Verräter und Kerkermeister
versunken dich wähnen für immer.

Heut wie damals gehst du aus dem Volk hervor.

Heut kommst du aus der Kohle und dem Tau der Nacht.
Heute wirst du aufrütteln die Tore
mit mißhandelten Händen, mit Splittern
überlebender Seele, mit Bündeln
von Blicken, die nicht ausrottete der Tod,
mit zornigem Werkzeug
bewehrt unter den Lumpen.

KOMMEN WIRD DER TAG

Befreier, in diesem Dämmern Amerikas,
in des Morgens entvölkerter Dunkelheit
euch übergebe ich die unendliche Liste
meiner Völker, die tiefe Freude
jeder Stunde Kampfs.

Lichtblaue Husaren, gefallen
in den Abgrund der Zeit,
Soldaten, auf deren frisch
gesäumten Fahnen es tagt,
Soldaten von heut, Kommunisten,
kämpfende Erben
reißender metallurgischer Ströme,
hört auf meine Stimme, zwischen
Gletschern geboren, erhoben
zur Flamme eines jeglichen Tags
aus schlichter liebender Verpflichtung,
wir sind die gleiche Erde, das gleiche
verfolgte Volk,
der gleiche Kampf umgürtet die Hüfte
unseres Amerika:
                                        Habt ihr, wenn
es dämmert, die düstre Höhle
des Bruders gesehen?
Habt ihr durchmessen
Sein trauerdüstres Leben?
Des Volkes
versprengtes Herz, verlassen, versunken!

Jemand, der den Frieden des Helden empfing,
verwahrte ihn in seinem Gewölb, jemand raubte
              die Früchte
der blutbefleckten Ernte
und teilte auf die Geographie,
feindliche Grenzen errichtend,
Zonen blinden trostlosen Schattens.

Sammelt aus den Ländern das verschämte
Pochen des Schmerzes ein, die Verlassenheiten,
das Korn der aus den Überbleibseln der Tennen:
irgend etwas keimt unter den Fahnen:
die uralte Stimme ruft uns erneut.

Steigt zu des Erzgesteins Wurzeln hinab
und hinauf zu den Höhn des Metalls der Wüste,
rührt an den Kampf der Menschen auf Erden
mitten durch die Marter, die die Hände
mißhandelt, die bestimmt für das Licht.

Verschmäht nicht den Tag, den die Toten euch
anvertraun, die kämpften. Jede Ähre
entsprießt einem der Erd überlassenen Korn,
und dem Weizen gleich seine Wurzeln verflicht
das unzählbare Volk, häuft es die Ähren,
und in der entfesselten Sturmesgewalt
schwingt es sich auf zu des Weltalls Helle.

DIE HIMMLISCHEN DICHTER

Was tatet denn ihr, Gideaner,
ihr Intellektualisten, Rilkeaner,
Mystifizierer, unwahre existentialistische
Gaukler, surrealistische,
im Grab entflammte
Blüten Mohns, europäisierte
Modekadaver,
bleiche Maden im Käse
des Kapitalismus, was tatet denn ihr
gegenüber der Herrschaft der Angst,
angesichts jenes dunklen Menschenwesens,
jener mit Füßen gestoßenen Bescheidenheit,
jenes im Kot versunkenen
Hauptes, dieses Seins
harter zertretener Leben?

Ihr bewirktet nichts weiter denn Flucht;
ihr verkauftet angehäuften Abfall,

suchtet himmlische Haarflut,
zage Gewächse, zerbrochene Fingernägel,
»Reine Schönheit«, »Verzauberung«,
Werke armer Verängstigter,
um die Augen zu entziehen,
die empfindsamen Pupillen zu
verschleiern, zu bestehen
mit einem Teller ekler Reste,
die euch die Herrn hinwarfen,
ohne den Fels zu sehen im Todeskampf,
ohne zu beschirmen, ohne zu erobern,
blinder als die Totenkränze
des Friedhofs, wenn Regen
niederfällt auf die reglosen
fauligen Blumen der Gräber.

Die Trauben und der Wind

(1954)

Ich hatte im Falle Stalin meinen Anteil an Personenkult geleistet. Doch damals war uns Stalin als Sieger erschienen, der Hitlers Heere unterworfen hatte, als Retter des Welthumanismus. Die Entartung seiner Persönlichkeit war ein geheimnisvoller Prozeß und für viele von uns rätselhaft.

Stalin habe ich von ferne mehr als einmal, immer an derselben Stelle gesehen: auf der Tribüne am Roten Platz, die sich jedes Jahr am 1. Mai und 7. November mit hohen Führern füllt. Ich habe lange Stunden im Kreml verbracht, als Mitglied des sogenannten Stalin-Preiskomitees, ohne daß Stalin mir je auf einem Gang begegnet wäre, ohne daß er uns während unserer Beratungen oder Mittagessen besucht oder uns zu einer Begrüßung gerufen hätte. Stalin kultivierte fraglos das Geheimnis als System, oder er war der große Schüchterne, der Gefangene seiner selbst.

Trotzdem habe ich bei einer bestimmten Gelegenheit mit dem geheimnisvollen Mann des Kreml eine unerwartete Beziehung gehabt, die mir bis heute ungewöhnlich erscheint. Wir fuhren mit den Aragons, Louis und Elsa, nach Moskau zur Teilnahme an der Versammlung, die in jenem Jahr die Stalin-Preise vergeben sollte. Nebel hielt uns in Warschau auf. Wir würden keinesfalls rechtzeitig eintreffen. Einer unserer sowjetischen Begleiter übernahm es, die Namen der Anwärter, für die Aragon und ich stimmten und die sicherlich gutgeheißen werden würden, auf russisch nach Moskau zu übermitteln. Das Merkwürdige jedoch ist, daß der Sowjetbürger, der die telefonische Antwort erhielt, mich beiseite rief und zu meiner Überraschung sagte:

»Ich beglückwünsche Sie, Genosse Neruda. Genosse Stalin, als ihm die Liste der möglichen Preisträger vorgelegt wurde, rief aus: ›Und warum ist Neruda nicht unter diesen Namen?‹« Im nächsten Jahr erhielt ich den Stalin-Preis für Frieden und Freundschaft zwischen den Völkern. Möglicherweise hatte ich ihn verdient, doch frage ich mich, wie der allem so entrückte Mann von meiner Existenz wußte.

Viele haben mich für einen überzeugten Stalinisten gehalten. Faschisten und Reaktionäre haben mich als einen lyrischen Exegeten Stalins hingestellt. Nichts dergleichen regt mich sonderlich auf. In einer teuflisch wirren Zeit sind alle Schlußfolgerungen möglich.

Für uns Kommunisten war die Einsicht, daß der Feind in manchen Aspekten des Problems Stalin recht hatte, eine private Tragödie. Dieser erschütternden Enthüllung folgte ein schmerzhafter Bewußtseinszustand. Einige fühlten sich getäuscht, machten sich erbost den Standpunkt des Feindes zu eigen und gingen mit fliegenden Fahnen zu ihm über. Andere dachten, die beim 20. Parteitag unbarmherzig enthüllten Tatsachen seien dazu angetan, die Rechtschaffenheit einer Kommunistischen Partei zu beweisen, die, überlebend, der Welt die historische Wahrheit zeigte und ihre eigene Verantwortung auf sich nahm.

Wenn es wahr ist, daß die Verantwortung uns alle betraf, so schenkte die Tatsache, daß jene Verbrechen angeprangert wurden, uns die Selbstkritik und die Analyse – wesentliche Elemente unserer Lehre – wieder und gab uns die Waffen in die Hand, um die Wiederholung solch schrecklicher Dinge zu verhindern.

Meine Position ist folgende gewesen: Aus der mir unbekannten Finsternis der stalinistischen Ära tauchte vor meinen Augen der erste Stalin auf, naiver Prinzipienreiter, nüchtern wie ein Einsiedler, titanischer Verteidiger der russischen Revolution. Überdies wuchs dieser kleine Mann mit dem gewaltigen Schnauzbart im Kriege zum Riesen an; seinen Namen auf den Lippen griff die Rote Armee die Festung der Hitlerdämonen an und legte sie in Schutt und Asche.

Trotzdem widmete ich nur ein einziges Gedicht dieser machtvollen Persönlichkeit, und zwar anläßlich seines Todes. Es ist in jeder Ausgabe meiner Gesammelten Werke. Der Tod des Zyklopen aus dem Kreml fand ein kosmisches Echo. Der Wald der Menschen erzitterte. Mein Gedicht suchte jene irdische Panikstimmung einzufangen.

BEI SEINEM TOD

Genosse Stalin, ich befand mich am Meer in Isla Negra,
ausruhend von Kämpfen und Reisen,
als die Nachricht von deinem Tod wie ein Schlag
des Ozeans mich traf.
Zuerst war Schweigen, das Entsetzen der Dinge, und dann kam
vom Meer eine Riesenwoge.
Aus Algen, Metallen und Menschen, Steinen, Schaum und
Tränen war diese Woge gemacht.
Von Geschichte, Raum und Zeit nahm sie ihren Stoff
und erhob sich weinend über die Welt,
bis sie, vor mir angelangt, gegen das Gestade peitschte
und vor meiner Tür ihre Trauerbotschaft niederwarf
in einem ungeheuren Aufschrei,
als ob die Erde plötzlich zerbarst.

*

Mensch sein! Das ist
das Stalinische Gesetz!
Kommunist sein ist schwer.
Man muß es werden lernen.
Kommunistischer Mensch sein
ist schwerer noch,
und man muß von Stalin lernen
diese heitere innere Kraft,
seine konkrete Klarheit,
seine Verachtung
des leeren Schön-Geredes,
des hohlen theoretischen Leitartikels.
Er ging ohne Umschweif daran,
den Knoten zu entwirren,
und zeigte das nicht aufzuhaltende
Licht des verfolgten Ziels,
drang ohne Phrasen,

die die Hohlheit verhüllen,
in die Probleme ein,
geradewegs zu auf den schwachen Punkt,
den wir berichtigen werden in unserem Kampf,
er beschnitt das wilde Gezweig
und wies den Sinn der Früchte.
Stalin ist der hohe Mittag,
des Menschen und der Völker Reife.
Im Kriege sahen
die eingeäscherten Städte ihn
die Hoffnung
dem Schutt entreißen,
sie abermals umschmelzen,
zu Stahl sie gießen
und ihn zum Angriff schreiten mit ihren Blitzen,
das Schanzwerk also zerstörend
der Finsternis.

*

Im Angesicht des Meeres von Isla Negra hißte ich
zur Morgenstunde die Flagge Chiles auf halbmast.
Verlassen lag die Küste, und ein Silbernebel
mischte sich des Ozeans erhabenem Schäumen.
In Mastes Mitte schien im blauen Feld
der einsame Stern meines Heimatlandes
eine Träne zwischen Himmel und Erde.
Ein Mann aus dem Volk ging vorüber, und da
er begriff, nahm er grüßend seinen Hut ab.
Ein junger Bursche kam und drückte mir die Hand.

Die Verse des Kapitäns

(1952)

Hier verschmilzt man mit Dingen und Menschen, hier kennen einen die Kutscher und Fischerinnen, hier wird man rasch eins mit dem verborgenen, armen Capri, man weiß, wo es den guten billigen Wein gibt und wo man die Oliven kaufen muß, welche die Leute von Capri essen.

Vielleicht gibt es hinter den großen Palastmauern all die romanhaften Verderbtheiten, von denen man in Büchern liest. Ich hingegen nahm an einem glücklichen Leben teil in völliger Einsamkeit oder unter den treuherzigsten Menschen der Welt. Unvergeßliche Zeit! Ich arbeitete jeden Vormittag; nachmittags schrieb Matilde meine Gedichte ins reine. Zum ersten Mal wohnten wir zusammen im selben Haus. An diesem Ort von trunkenmachender Schönheit wuchs unsere Liebe. Nun konnten wir uns nicht mehr trennen.

Dort beendete ich ein Buch der leidenschaftlichen, schmerzlichen Liebe, das bald darauf anonym in Neapel veröffentlicht wurde: Die Verse des Kapitäns.

Ich werde jetzt die Geschichte dieses Buches erzählen – es ist eines meiner umstrittensten Bücher. Lange war es ein Geheimnis, lange trug es keinen Namen auf dem Deckel, als verleugnete ich es oder als kenne das Buch seinen Vater nicht. So wie es natürliche Söhne gibt, Söhne natürlicher Liebe, so waren Die Verse des Kapitäns *ein natürliches Buch.*

Die darin enthaltenen Gedichte wurden da und dort während meines europäischen Exils geschrieben. Sie wurden 1952 anonym in Neapel gedruckt. Meine Liebe zu Matilde, die Sehnsucht nach Chile, die Leidenschaften des Mitmenschen füllen die Seiten dieses Buches, das viele Auflagen hindurch keinen Verfasser nannte.

Für seinen Erstdruck beschaffte der Maler Raolo Ricci wunderbares Papier, alte Bodoni-Schriften und Stiche von pompejanischen Vasen. Mit brüderlichem Eifer stellte Paolo auch die Liste der Subskribenten zusammen. Bald erschien dann der Band in nicht mehr als fünfzig Exemplaren. Wir feierten das Ereignis ausgiebig an einem reichgeschmückten Tisch mit frutti di mare *und wassergleich durch-*

sichtigem Wein, diesem einzigen Sohn von Capris Weinbergen. Und mit der Freunde Freude, die unsere Liebe liebten.

Einige argwöhnische Kritiker schrieben dem anonymen Erscheinen eines Buches politische Motive zu. »Die Partei hat sich widersetzt, die Partei hat es nicht genehmigt«, sagten sie. Doch das war nicht wahr. Zum Glück widersetzt sich meine Partei keinem Ausdruck der Schönheit.

Wahr allein ist dies: Lange Zeit wollte ich nicht, daß die Gedichte Delia, von der ich mich getrennt hatte, kränkten. Delia del Carril, zarte Mitreisende, Faden aus Stahl und Honig, die mir in den tönenden Jahren die Hände band, war achtzehn Jahre lang meine vorbildliche Gefährtin gewesen. Dieses Buch, in jäher, glühender Leidenschaft entstanden, würde ihr zartes Gefüge treffen wie ein Steinschlag. Dies und nichts anderes waren die tiefen, persönlichen, zu respektierenden Beweggründe meiner Namenlosigkeit.

Dann wurde das Buch, noch namen- und vornamenlos, ein natürlicher, tapferer Mann. Er bahnte sich seinen Weg ins Leben, ich mußte ihn schließlich anerkennen. Inzwischen ziehen durch die Straßen, das heißt durch Buchläden und Bibliotheken, die Verse des Kapitäns *mit dem Namen des echten Kapitäns.*

IN DIR DIE ERDE

Kleine
Rose,
rose du, kleine,
manchmal
winzig und nackt,
als hättest du
Platz
in meiner einen Hand,
als schlösse ich dich drin ein
und führte dich zu meinem Mund,
aber plötzlich
berühren meine Füße die deinen,
und mein Mund berührt deine Lippen,
gewachsen bist du,
deine Schultern heben sich wie zwei Hügel,
deine Brüste schlendern über meine Brust,
mein Arm kann kaum die schlanke
Neumondlinie deiner Taille umfassen:
in der Liebe, wie Meerwasser brandend, brichst du aus:
kaum ermeßbar sind mir die weitesten Augen des
Himmels,
und ich neige mich nieder zu deinem Mund, die Erde
zu küssen.

DER TÖPFER

Dein ganzer Körper
hat Becher oder Süße, einzig für mich.

Hebe ich die Hand,
finde ich überall eine Taube,
die mich gesucht hat, als hätte man dich,

Liebe, eigens aus Lehm gemacht
für meine Töpferhände.

Deine Knie, deine Brüste,
deine Hüften
mangeln mir, wie einer Höhlung
in dürstender Erde,
aus der man einst
eine Form gelöst,

und zusammen
sind wir vollkommen wie ein einziger Fluß,
wie ein einziger Strand.

DEINE FÜSSE

Wenn ich dein Gesicht nicht betrachten kann,
so betrachte ich deine Füße.

Deine Füße aus gewölbtem Knochen,
deine kleinen, festen Füße.

Ich weiß, daß sie dich tragen,
und daß dein liebliches Gewicht
auf ihnen sich erhebt.

Deine Taille und deine Brüste,
der zwiefache Purpur
deiner Kuppen,
der Taubenschlag deiner Augen,
die eben noch flogen,
dein breiter Fruchtmund,
deine rote Mähne,
mein kleiner Turm du.

Aber ich liebe deine Füße
nur deshalb, deshalb allein,
weil sie über die Erde gewandert sind,
über das Wasser, den Wind,
bis sie zu mir gefunden.

DER BRIEF VON UNTERWEGS

Lebwohl, doch du wirst
mit mir sein, wirst mitgehn
drinnen in einem Tropfen Blut, der kreist in meinen Adern,
oder draußen, ein Kuß, der mir das Gesicht versengt,
oder ein Feuergürtel um meine Hüfte.
Meine Süße, empfange
die große Liebe, die auszog aus meinem Leben
und die in dir kein Land für sich fand,
wie der Entdeckungsreisende, der zugrund geht
auf den Inseln von Brot und Honig.
Ich fand dich einst
nach dem Unwetter,
der Regen wusch die Luft,
und im Wasser
blinkten deine lieblichen Füße wie Fische.

Bewunderte du, ich ziehe in meine Kämpfe.

Ich werde die Erde aufscharren, um dir eine Höhle zu machen,
und dort wird dein Kapitän
dich erwarten mit Blumen auf dem Lager.
Denke nicht länger, meine Süße,
an die Qual,
die zwischen uns hindurchfuhr
wie ein Phosphorstrahl
und manche Brandwunde uns vielleicht hinterließ.

Der Friede kam auch, weil ich zurückgehe
zum Kampf in mein Land,
und weil mein Herz erfüllt ist
von dem, was du an Blut mir gabst
für immer,
und weil meine Hände
noch voll sind von deinem nackten Sein,
sieh mich an,
sieh mich an,
sieh mich auf dem Meer, über das ich strahlend ziehe,
sieh mich in der Nacht, die ich durchschiffe,
und Meer und Nacht sind deine Augen.
Ich habe dich nicht verlassen, wenn ich mich entferne.
Jetzt will ich dir erzählen:
Mein Land wird deines sein,
ich werde es erobern,
nicht nur, um es dir zu geben,
nein, für alle,
für mein ganzes Volk.
Eines Tages wird der Räuber seinen Turm verlassen.
Und der Eindringling wird davongejagt.
Alle Früchte des Lebens
werden wachsen in meinen Händen,
die zuvor ans Pulver gewöhnt waren.
Und ich werde die neuen Blüten streicheln können,
weil du mich die Zärtlichkeit gelehrt hast.
Meine Süße, Bewunderte,
du wirst mit mir ziehen in den Kampf Mann gegen Mann,
denn in meinem Herzen leben deine Küsse
wie rote Fahnen,
und wenn ich falle, wird mich
nicht nur die Erde bedecken,
sondern auch die große Liebe, die du mir gebracht hast
und die kreisend lebte in meinem Blut.
Du wirst mit mir gehen,
in jener Stunde erwarte ich dich,

in jener Stunde und in allen Stunden,
in allen Stunden erwarte ich dich.
Und kommt die Traurigkeit, die ich hasse,
schlägt sie an deine Tür,
so sage ihr, daß ich auf dich warte,
und will die Einsamkeit, daß du den Ring
vertauschst, in den mein Name geschrieben ist,
so sage der Einsamkeit, mit mir soll sie reden,
sag ihr, daß ich fortziehen mußte,
weil ich Soldat bin,
und daß ich dort, wo ich bin,
unter dem Regen oder unter
dem Feuer,
meine Liebe, dich erwarte,
dich erwarte in der schlimmsten Wüste
und beim blühenden Zitronenbaum:
überall, wo das Leben ist,
wo der Frühling zur Welt kommt,
meine Liebe, erwarte ich dich.
Wenn sie dir sagen: »Dieser Mann
liebt dich nicht«, so denke daran,
daß meine Füße allein sind in dieser Nacht und daß sie
die lieblichen, kleinen Füße suchen, die ich verehre.
Liebe, wenn sie dir sagen,
ich hätte dich vergessen, und selbst, wenn ich der wäre,
der dir dies sagt,
selbst wenn ich dir dies sagen würde,
glaube mir nicht.
Wer könnte, auf welche Weise, dich mir
aus der Brust schneiden?
Und wer würde mein Blut auffangen,
wenn ich zu dir hin verblutete?
Doch ebensowenig kann ich
mein Volk vergessen.
Ich werde kämpfen in jeder Gasse,
hinter jedem Stein.

Auch deine Liebe hilft mir:
sie ist eine geschlossene Blüte,
die jedesmal mich mit ihrem Duft erfüllt
und die plötzlich aufgeht
in mir wie ein großer Stern.

Meine Liebe, es ist Nacht.
Das schwarze Wasser, die schlafende
Welt umgeben mich.

In einer Weile wird die Morgenröte kommen,
und ich schreibe dir indessen,
um dir zu sagen: Ich liebe dich.
Um mir zu sagen: Ich liebe dich; hüte,
reinige, richte auf,
verteidige
unsere Liebe, mein Herz.
Ich hinterlasse sie dir, als übergäbe
ich eine Handvoll Erde mit Samen.
Aus unserer Liebe werden Leben geboren werden.
In unserer Liebe werden sie Wasser trinken.
Vielleicht wird ein Tag kommen,
an dem ein Mann und eine Frau, so wie wir,
diese Liebe berühren werden,
und sie wird noch die Kraft haben,
die Hände zu verbrennen, die sie berühren.
Wer sind wir gewesen? Was bedeutet das?
Sie werden dieses Feuer berühren,
und das Feuer, meine Süße,
wird deinen einfachen Namen sagen
und den meinen, den Namen,
den nur du erfahren hast, denn du allein
auf der Erde weißt,
wer ich bin, und niemand hat mich so gekannt wie eine,
wie eine einzelne Hand von dir,
denn niemand
erfuhr, wie oder wann

mein Herz entbrannte:
allein
deine großen braunen Augen erfuhren es,
dein breiter Mund,
deine Haut, deine Brüste,
dein Bauch, deine Eingeweide
und deine Seele, die ich weckte,
damit sie von nun an
singe bis ans Ende des Lebens.

Liebe, ich warte auf dich.

Lebwohl, Liebe, ich warte auf dich.

Liebe, Liebe, ich warte auf dich.

Und so endet dieser Brief
ohne alle Traurigkeit:
Fest stehen meine Füße auf der Erde,
meine Hand schreibt diesen Brief unterwegs,
und mitten im Leben werde ich
immer
neben dem Freund sein, gegenüber dem Feind,
mit deinem Namen auf dem Mund
und einem Kuß, der niemals
sich getrennt hat von deinem.

Elementare Oden

(1954)

Die Jahre zwischen August 1952 und April 1957 werden in meinen Erinnerungen im einzelnen nicht behandelt, weil ich fast die ganze Zeit in Chile verbrachte und in dieser Zeit weder merkwürdige noch abenteuerliche Dinge geschahen, die meine Leser unterhalten könnten. Trotzdem sollten einige wichtige Tatsachen dieser Zeitspanne aufgeführt werden. Ich veröffentlichte das Buch Die Trauben und der Wind, *dessen Text ich mitgebracht hatte. Ich arbeitete intensiv an den* Elementaren Oden *und an* Drittes Buch der Oden. *Ich berief einen Kontinentalen Kulturkongreß, der in Santiago stattfand und an dem bedeutende Persönlichkeiten aus ganz Amerika teilnahmen. Auch feierte ich in Santiago meinen fünfzigsten Geburtstag in Anwesenheit wichtiger Schriftsteller aus der ganzen Welt: Aus China kamen Ai Ching und Emi Siao; Ilja Ehrenburg flog aus der Sowjetunion herbei; Dreda und Kutvalek kamen aus der Tschechei; und von Lateinamerikanern waren Miguel Angel Asturias, Oliverio Girondo, Norah Lange, Elvio Romero, María Rosa Oliver, Raúl Larra und viele andere zugegen. Ich schenkte der Universität von Chile meine Bibliothek und andere Güter.*

DER UNSICHTBARE MENSCH

Ich lache,
ich lächle
über die altmodischen Dichter,
ich liebe leidenschaftlich alle
Werke der Dichtung
den ganzen Tau, der
– Mondlicht, Diamant, Tropfen
überschwemmten Silbers –,
der Rose sich zugesellend,
mein ewiger Bruder war,
aber
ich lächle,
immer sagen sie »ich«,
bei jedem Schritt
widerfährt ihnen etwas,
immer ist es »ich«,
durch die Straßen
gehen sie allein
oder die Herrliche, die sie lieben,
sonst niemand,
kein Fischer,
kein Buchhändler geht vorüber,
kein Maurer geht vorbei,
niemand stürzt
von einem Baugerüst,
niemand leidet,
niemand liebt,
nur mein armer Bruder,
der Dichter,
ihm widerfährt
und seiner süßen Geliebten
alles Geschehen,
niemand anderes lebt,
nur er allein,

niemand weint vor Hunger
oder Zorn,
in ihren Versen leidet niemand,
weil er die Miete
nicht zahlen kann,
niemanden in der Dichtung setzt man
mit Betten und Stühlen
auf die Straße,
und in den Fabriken
ereignet sich ebenfalls nichts,
nichts geschieht,
man stellt Schirme her, Gläser,
Waffen, Lokomotiven,
die Hölle durchwühlend
fördern sie Erze,
sie streiken,
Soldaten kommen
und schießen,
schießen gegen das Volk,
will besagen,
gegen die Dichtung,
doch mein Bruder,
der Dichter,
war verliebt
oder litt,
denn seine Gefühle
gehören dem Meer,
er liebt,
ihrer Namen wegen,
die fernen Häfen
und schreibt über Ozeane,
die er nicht kennt,
er geht am Leben vorbei,
das wie der Mais voll von Körnern,
ohne zu wissen, wie er
es entkörnen soll,

er steigt, ohne die Erd
zu berühren, aufwärts und hinab,
und zuweilen
fühlt er sich unergründlich
und dunkel,
so groß ist er,
daß er in sich selbst nicht hineinpaßt,
es verwirrt sich, entwirrt sich,
tut seine Verdammnis kund,
trägt die Kreuzeslast,
die Finsternis mit Beschwerde,
glaubt, er sei verschieden
von aller Welt,
alle Tage ißt er Brot,
doch einen Bäcker hat er noch niemals
gesehen,
noch ist er in eine Gewerkschaft
der Brotbäcker gegangen,
und so spielt er den Dunklen,
mein armer Bruder
windet und krümmt sich
und findet sich
interessant,
interessant,
das ist das Wort,
ich stehe nicht über ihm,
meinem Bruder,
aber ich lächle,
und ich geh durch die Straßen,
und nur ich bin nicht da,
das Leben strömt
all den Flüssen gleich dahin,
ich bin der einzige
Unsichtbare,
es gibt kein dunkles Geheimnis,
es gibt keine Finsternis,

alle Welt spricht mit mir,
sie möchten mir mitteilen, was geschehen,
sie erzählen von ihrer Familie,
von ihren Nöten
und ihren Freuden mir,
alle gehen vorüber, und alle
sagen mir etwas,
und was alles sie tun!
Sie schneiden Holz,
ziehen elektrische Drähte,
kneten bis spät in die Nacht
das tägliche Brot,
mit einer Lanze von Eisen
durchbohren das Innre
der Erde sie
und verwandeln das Eisen
in Schlösser,
fliegen zum Himmel und führen
Briefe, Seufzer und Küsse mit,
hinter jeder Tür
lebt ein Mensch,
erblickt jemand das Licht der Welt,
wartet auf mich sie, die ich liebe,
und ich gehe umher, und die Dinge,
sie bitten mich, daß ich singe,
ich hab keine Zeit,
muß an alles denken,
muß nach Hause gehen,
die Partei aufsuchen,
was soll ich tun,
alles verlangt von mir,
daß ich rede,
alles verlangt von mir,
daß ich singe und in einem fort singe,
alles ist voller
Träume und Klänge,

das Leben, es ist ein Schrein
voll von Gesängen, er öffnet sich,
und auffliegt und senkt sich
ein Vogelschwarm,
sie wollen mir etwas erzählen
und ruhen sich auf meinen Schultern aus,
das Leben ist ein Kampf,
einem Strome gleich, der vorwärts drängt,
und die Menschen
wollen mir sagen,
dir sagen,
warum sie kämpfen,
und so sie sterben,
warum sie sterben,
und ich gehe dahin und habe
für so viele Leben nicht Zeit,
ich wollte,
sie alle lebten
in meinem Leben
und sängen in meinem Gesang,
ich bin nicht wichtig,
habe für meine Dinge
keine Zeit,
des Nachts und am Tag
muß ich niederschreiben,
was geschehen,
und darf keinen vergessen.
Es ist wahr, ich werde leicht
müde
und blick zu den Sternen auf
und leg mich ins Gras, ein geigenfarbenes
Insekt fliegt vorüber,
ich lege die Hand
auf die kleine Brust
oder um die Hüfte
der Lieblichen,

die ich liebe,
und blicke empor zum schweren
Sammet
der Nacht, die bebt
mit ihren eisstarren Gestirnen,
dann
fühl ich die Woge der Geheimnisse
in meine Seele dringen,
die Kindheit,
das Schluchzen im Winkel,
die Jugend wehmutvoll,
und ich werde schläfrig
und schlafe ein
wie ein Apfelbaum,
ganz plötzlich bin ich
eingeschlafen
mit den Sternen oder ohne die Sterne,
mit meiner Liebsten oder ohne sie,
und wenn ich erwache,
ist verschwunden die Nacht,
die Straße ist vor mir aufgewacht,
zu ihrer Arbeit
gehen die armen Mädchen,
die Fischer kehren
vom Weltmeer zurück,
die Bergleute
mit neuen Schuhen fahren
ins Bergwerk ein,
alles lebt,
alle haben es eilig,
hasten vorüber,
ich habe kaum Zeit,
mich anzuziehen,
ich muß mich beeilen:
Keiner darf
vorübergehn, ohne daß ich weiß,

wohin er geht, was ihm
geschah.
Ich kann ohne das Leben
nicht leben,
nicht Mensch sein ohne den Menschen,
und ich eile und sehe und höre
und singe,
die Sterne gehn mich
nichts an,
die Einsamkeit trägt nicht
Blüte noch Frucht.
Gebt für mein Leben mir
die Leben alle,
gebt mir den Schmerz
der ganzen Welt,
ich will ihn in Hoffnung
verwandeln.
Gebt
alle Freuden mir,
auch die geheimsten,
denn so es nicht geschähe,
wie sonst sollte man es erfahren?
Ich habe sie zu erzählen,
gebt mir
den Kampf
eines jeglichen Tags,
denn sie sind mein Gesang,
und so werden wir vorwärts schreiten,
Schulter an Schulter,
alle Menschen zusammen,
es vereint sie mein Lied:
des unsichtbaren Menschen Gesang,
der mit allen Menschen singt.

ODE AN DIE ARTISCHOCKE

Die Artischocke
mit zartem Herzen
kleidete sich als Krieger;
steif aufgereckt, schuf sie
ein kleines Kuppelgewölbe
und behauptete sich, hielt stand
unter ihren Schuppen,
undurchdringbar:
an ihrer Seite
kräuselten
närrische Gewächse sich,
wurden
Ranken, Wasserlilien,
erregende Knollengewächse,
unter der Erde
schlief mit rötlichem Knebelbart
die Möhre,
der Weinberg
ließ die Reben dörren,
in die der Wein aufsteigt,
der Kohl
beschäftigte sich,
Röcke anzuprobieren,
der Majoran,
die Welt mit Duft zu erfüllen,
und dort im Garten
die sanfte
Artischocke,
als Krieger
geschmückt,
die Stolze,
sie glänzte
wie eine Granate;
und eines Tages

wanderte eine neben der andern
in großen Körben
aus Weidenruten
zum Markt,
ihren Traum zu verwirklichen:
den Kriegsdienst.
Niemals,
als sie noch in Reihen wuchsen, war es
so kriegerisch zugegangen
wie auf diesem großen Markt,
die Männer
zwischen den Gemüsen
in ihren weißen Hemden
waren
der Artischocken
Feldmarschälle,
dichtgedrängte Rotten,
Kommandorufe
und der Knall
einer Kiste, die herunterfällt,
da
aber
naht
Maria
mit ihrem Korb,
sie wählt
eine Artischocke,
fürchtet sie nicht,
prüft sie, hält sie forschend
gegen das Licht, als wär sie ein Ei,
kauft sie,
legt sie wahllos
in ihren Einkaufskorb
unter ein Paar Schuhe,
einen Kohlkopf und eine
Flasche

Essig,
bis
sie, in die Küche tretend,
sie im Kochtopf verschwinden läßt.
So endet
in Frieden
die Laufbahn
dieser wehrhaften Pflanze,
die sich Artischocke nennt,
und dann
lösen wir
Schuppe um Schuppe
der Köstlichen ab
und verzehren
das friedliche Fleisch
ihres zärtlichen Herzens.

ODE AN DIE FREUDE

Freude,
grünes Blatt,
in das Fenster geweht,
winzige,
eben geborene
Helle oder
weithin tönender Elefant,
augenblendende
Münze,
zuweilen auch
zerbrechlicher Strahl,
aber
lieber
immerwährendes Brot,
erfüllte Hoffnung,
vollkommene Pflicht.

Freude, ich achtete dich gering.
Schlecht war ich beraten.
Der Mond
entführte mich auf seine Pfade.
Die alten Poeten
liehen mir Augengläser,
und jedwedem Ding
gab ich
einen düsteren Heiligenschein,
der Blume eine schwarze Krone,
dem geliebten Mund
einen wehmutsvollen Kuß.
Noch ist es nicht zu spät.
Noch kann ich es bereuen.
Ich glaubte, daß,
wenn der Dornenbusch der Qual
mein Herz verbrannte,
wenn der Regen durchnäßte
mein Kleid
in der düsteren Landschaft der Trauer,
wenn der Rose
ich die Augen schloß
und die Wunde berührte,
wenn ich all die Schmerzen teilte,
ich dann den Menschen half.
Das war nicht wahr.
Ich lenkte meinen Schritt in die Irre,
und heute ruf ich dich, Freude, herbei.

Gleich der Erde
bist du
unentbehrlich.

Gleich dem Feuer
erhältst du
den heimischen Herd.

Vollkommen bist du
gleich dem Brot.

Gleich dem Wasser eines Flusses
bist du voller Wohllaut.

Gleich einer Biene
teilst du im Fluge Honig aus.

Freude,
ich war ein verschlossener Jüngling
und fand duftlos
deine Strahlenkrone.

Es war nicht wahr, ich erfuhr es,
da in meiner Brust
ihr Kaskadensturz sich befreite.

Heute, o Freude,
so auf der Straße ich dich,
fern jeden Buches, antreffe,
begleite du mich:
Mit dir
will ich gehen von Haus zu Haus,
will ich gehen von Volk zu Volk,
von Banner zu Banner.
Nicht für mich allein bist du da.
Zu den Inseln laß uns fahren,
über die Meere.
In die Gruben laß uns gehn,
in die Wälder.
Nicht einsame Holzfäller nur,
arme Wäscherinnen
oder ehrwürdige rauhe
Steinbrecher
werden mich

mit deinen Trauben empfangen,
sondern die Belegschaften auch,
die Versammelten,
die Holzfäller- und Seeleutegewerkschaften,
die tapferen Burschen
in ihrem Kampf.

Mit dir um den Erdball!
Mit meinem Gesange!
Mit dem offenen Flug
der Gestirne
und mit dem Jubel
des Wogenschaums!

Allen gegenüber werde ich meine Schuldgefühle tun,
denn ich schulde
meine Freude allen.

Möge niemand erstaunen, so ich
der Erde Gaben
den Menschen übergeben will;
denn kämpfend erfuhr ich,
meine Erdenpflicht sei es,
auszubreiten die Freude.
Und meine Bestimmung erfüll ich durch meinen Gesang.

ODE AN DIE ZWIEBEL

Zwiebel,
leuchtende Phiole,
Blütenblatt um Blütenblatt
formte deine Schönheit sich,
kristallene Schuppen ließen dich schwellen,
und im Verborgenen der dunklen Erde

füllte dein Leib sich an mit Tau.
Unter der Erde
ward dieses Wunderwerk,
und als dein unbeholfener
grüner Trieb erschien
und deine Blätter degengleich
sprossen im Garten,
drängte die Erd ihren Reichtum zusammen
und wies deine durchscheinende Nacktheit,
und wie in Aphrodite das ferne Meer
die Magnolie nachschuf,
da es ihre Brüste formte,
also bildete
die Erde dich,
Zwiebel,
hell wie ein Planet
und zu leuchten
bestimmt,
unvergängliches Himmelszeichen,
rundliche Rose von Wasser
auf
dem Tisch
der armen Leute.
Verschwenderisch
läßt du
deinen Globus der Frische zergehn
im verzehrenden Sud
des Topfes,
und der kristallene Saum
in des Öls entfachter Hitze
verwandelt sich in eine gekräuselte Feder von Gold.

Auch gedenke ich, wie dein Zutun
die Freundschaft des Salates fruchtbar macht,
und es will scheinen, der Himmel hilft mit,
da er dir des Hagelkorns zierliche Gestalt verlieh,

deine feingehackte Helle zu rühmen
auf den Hemisphären einer Tomate.
Aber erreichbar
den Händen des Volkes
und beträufelt mit Öl,
bestreut
mit ein wenig Salz,
tötest du den Hunger
des Tagelöhners auf mühsamem Wege.
Stern der Armen,
gütige Fee,
eingehüllt
in zartes
Papier kommst du aus dem Boden der Erde,
ewig, vollkommen und rein
wie Samenkorn der Gestirne,
und wenn in der Küche
das Messer dich zerschneidet,
quillt die einzige
leidlose Träne.
Du machst uns weinen, ohne uns zu betrüben.
Solange ich lebe,
will ich lobsingen, Zwiebel,
für mich aber bist du schöner
als mit blendenden Schwingen
ein Vogel,
für meine Augen bist du
Himmelskugel, Platinkelch,
beschneiter Anemone
unbeweglicher Tanz,

und der Erde ganzer Duft, er lebt
in deiner kristallinischen Natur.

ODE AN DEN GLÜCKLICHEN TAG

Diesmal laßt mich
glücklich sein,
keinem ist etwas geschehen,
und ich bin nirgendwo,
einziges Ereignis ist,
daß ich glücklich bin
beim Gehen, beim Schlafen,
beim Schreiben über das ganze
Rund meines Herzens.
Was soll weiter ich tun, ich bin
glücklich,
zahlloser bin ich
als das Gras
auf den Weiden,
ich fühle die eigene Haut wie den runzligen Baum
und unten das Wasser,
hoch oben die Vögel,
um meine Hüfte das Meer
wie einen Reif,
aus Brot und Stein die Erde geschaffen,
die Luft singt wie eine Gitarre.

Du mir zu seiten im Sande
bist Meeressand,
du singst und bist Gesang,
die Welt
ist heut meine Seele,
Lied und Sand,
die Welt
ist heute dein Mund,
laßt mich
an deinem Mund und im Sande
glücklich sein,
ja, glücklich sein, weil ich atme

und weil auch du atmest,
glücklich sein, weil ich
dein Knie berühre,
und es ist,
als berührte ich
die blaue Haut und Kühle
des Himmels.

Heute laßt mich
einzig nur
glücklich sein
mit allen oder ohne sie,
glücklich sein
mit dem Gras
und dem Sand,
glücklich sein
mit der Luft und der Erde,
glücklich sein
mit dir, mit deinem Munde
glücklich sein.

ODE AN DIE BLAUE BLUME

Meerwärts
über das Grasland wandere ich
– November ist's –,
alles ist schon erstanden,
alles ist Bewegung,
hat Statur und Wohlgeruch.
Grashalm um Grashalm
werd ich die Erde begreifen,
Schritt für Schritt
bis an des Ozeans
irre Linie hin.

Plötzlich erregt und durchwogt
eine Luftwelle
die wildwachsende Gerste:
Auffährt
zu meinen Füßen
eines Vogels Flug, der Boden
voll goldener Fäden
und Blüten namenlos
erglänzt auf einmal als grüne Rose,
durchwirkt mit Nesseln sich, die ihre
feindliche List offenbaren,
schlanke Stiele, sternblütiges
Dornengesträuch,
unendliche Verschiedenheit
jeden Gewächses, das
mit einem flüchtigen Dornengefunkel
zuweilen mich grüßt
oder mit seines Duftes Schwellen,
frisch und zart und herb.
Hinschreitend zu den Wogenkämmen
Pazifischen Meeres,
gemächlichen Schrittes durch des verborgnen
Frühlings niederes Gras,
scheint es,
daß, bevor das Festland endet,
hundert Meter vor dem größten Weltenmeer
als Taumel ward,
Entfaltung und Gesang.
Die winzigsten Gräser
krönten mit Gold sich,
maulbeerfarbene Strahlen warfen
im Sand die Pflanzen,
und auf jedes kleine längst vergessene Blatt
gelangte von Mond oder Feuer ein Zeichen.
Längs des Meeres wandernd
durch den Monat November,

fand ich inmitten der Büsche, die Licht
empfangen und Feuer und Meeressalz,
eine tiefblaue Blume, geboren
im härtesten Grasland.
Woher, aus welcher Tiefe
lockst du dein blaues Strahlen hervor?
Deine flirrende Seide,
hat sie unterirdisch
Verbindung zur abgründigen See?
Ich hob sie auf in meinen Händen
und schaute sie an, als lebte
in einem einzigen Tropfen das Meer,
als erhöbe im Kampf
von Erd und Wasser
eine Blüte
eine kleine Standarte
aus blauem Feuer, unwiderstehlichem Frieden
und unbändiger Reinheit.

ODE AN DEN EINFACHEN MENSCHEN

Im geheimen will ich dir erzählen,
wer ich bin,
doch du wirst mir sagen
mit lauter Stimme, wer du bist,
ich will wissen, wer du bist,
wieviel du verdienst,
in welcher Werkstatt du schaffst,
in welcher Grube,
in welcher Apotheke,
ich übe eine schreckliche Pflicht,
die ist, zu wissen,
alles zu wissen,
Tag und Nacht zu wissen,

wie du heißt,
das ist mein Amt,
ein Leben zu kennen
ist nicht genug,
und alle Leben zu kennen
nicht nötig,
zu ergründen gilt,
zu schürfen bis auf den Grund,
und wie bei einem Stoff
die Farbzeichnung
das Schußgarn
des Gewebes verbirgt,
tilge ich die Farben,
ich suche, bis ich das Gewebe finde,
das unter der Oberfläche liegt;
also finde ich
der Menschen Einheitlichkeit,
und beim Brote
such ich
hinter der Form:
Mir mundet das Brot, ich beiße hinein
und da
erblick ich das Korn,
die jungen Weizenfelder,
des Frühlings grüne Gestalt,
die Wurzeln, das Wasser,
darum
hinter dem Brot
seh ich die Erde,
die Einheitlichkeit der Erde,
das Wasser,
den Menschen,
also prüfe ich alles,
dich suchend
in allem,
ich wandere, schwimme und fahre zur See,

bis ich dich gefunden,
und dann frage ich dich,
wie du heißt,
Straße und Nummer des Hauses,
damit du meine Briefe
erhältst,
damit ich dir sagen kann,
wer ich bin und wieviel ich verdiene
und wo ich lebe
und wie mein Vater war.
Siehst du, wie einfach ich bin,
wie einfach du bist,
es handelt sich nicht
um komplizierte Dinge,
ich arbeite zusammen mit dir,
du lebst, kommst und gehst
von einer Seite auf die andere,
ganz einfach ist's:
Du bist das Leben,
bist wie das Wasser
transparent,
und so bin auch ich,
meine Pflicht ist diese:
transparent zu sein,
tagtäglich
erziehe ich mich,
täglich kämme ich mich,
dabei denkend wie du denkst,
und ich gehe
wie du einhergehst,
ich esse, esse wie du ißt,
ich halte meine Liebe im Arm
wie du dein Mädchen,
und nun,
da dieses geklärt,
da wir gleich sind einander,

schreibe ich,
schreibe ich über dein Leben und über das meine,
über deine Liebe und die meinen,
über all deine Schmerzen,
und da
sind wir schon verschieden,
denn, meine Hand auf deiner Schulter
wie unter alten Freunden,
sage ich dir ins Ohr:
Leide nicht,
es kommt der Tag,
komm,
komm mit mir,
komm
mit allen,
die dir gleich sind,
all den einfachen Menschen,
komm,
dulde nicht,
kommt mit mir,
denn, obwohl du es nicht weißt,
ich weiß es, dies,
wohin wir gehen, weiß ich,
und dieses ist das verheißende Wort:
Dulde nicht,
denn wir werden siegen,
wir, die einfachen Menschen all,
werden siegen,
werden den Kampf gewinnen,
obwohl du es nicht glaubst,
wir werden gewinnen.

ODE AN DAS MEER

Hier auf der Insel
das Meer,
und wieviel Meer
bricht hervor jeden Augenblick
aus sich selber,
o ja, sagt es, o ja,
o nein, o nein, o nein,
o ja, sagt es, im Blauen,
im Schaum, im Wogenritt,
o nein, sagt es, o nein.
Kann nicht ruhig verharren,
Meer heiße ich, wiederholt es
gegen einen Felsen schlagend,
ohne ihn überzeugen zu können,
dann
mit sieben grünen Zungen,
sieben grünen Haien,
sieben grünen Tigern,
sieben grünen Meeren
umwogt es ihn, küßt ihn,
benetzt ihn
und schlägt,
seinen Namen wiederholend,
sich an die Brust.
O Meer, so nennst du dich,
Gefährte Ozean,
vergeude nicht Wasser und Zeit,
schüttle nicht soviel von dir ab,
hilf uns,
wir sind die winzigen
Fischer,
die Menschen der Küste,
wir leiden Hunger und Kälte,
du bist unser Feind,

triff uns nicht so hart,
brülle nicht dergestalt,
tu auf deinen grünen Schrein
und laß in unser
aller Händen
deine silberne Gabe,
den täglichen Fisch.

In jeder Hütte hier
lieben wir ihn,
sei er von Silber auch,
Kristall oder Mond,
für die ärmlichen Küchen
der Erde ward er geboren.
Bewahre ihn,
Geiziger, nicht,
der, ein feuchter Blitz,
unter den Wogen
hinschießt.
Nun, schick dich drein,
tu dich auf
und laß ihn frei
in der Nähe unserer Hände,
hilf uns, Ozean,
grüner abgrundtiefer Vater,
die Erdenarmut
eines Tags zu enden.
Laß uns
ernten die Pflanzung,
die unendliche, deiner Leben,
deiner Saaten und Trauben,
deiner Stiere, deiner Metalle,
den feuchten Glanz
und die versunkene Frucht.
Vater Ozean, wir wissen lange schon,
wie du heißt, alle

Möwen verbreiten
deinen Namen an den Gestaden:
Nun, betrage dich gut,
schüttle deine Mähne nicht,
bedrohe keinen Menschen,
zerschmettere am Himmel nicht
dein herrliches Gebiß,
höre auf mit den ruhmvollen Geschichten
für einen Augenblick,
gib jedem von uns Männern,
jedem
Weib und jedem Kind
einen großen oder kleinen Fisch
an jedem Tag.
Fisch auszuteilen,
geh hinaus auf alle Straßen
der Welt,
und dann
rufe laut,
rufe laut,
daß die Armen dich hören,
alle, die ihre Arbeit verrichten
und sagen,
den Kopf aus der Grube
streckend:
»Dort naht,
Fisch verteilend,
das uralte Meer.«
Und dann kehren sie nach unten zurück,
lächelnd in der Finsternis,
und in Straßen
und Wäldern
lächeln die Menschen
und die Erde
ein meerhaftes Lächeln.

Aber,
so du es nicht willst,
so du es nicht magst,
warte,
warte auf uns,
wir werden nachdenken,
vornehmlich aber wollen wir
die menschlichen Fragen
lösen,
die wichtigsten zuerst,
die übrigen später,
und dann
werden wir uns mit dir befassen,
werden die Wogen wir mähen,
mit Messern aus Feuer,
auf elektrischem Roß
werden wir die Schaumhürden nehmen,
singend,
bis wir den Grund deines Innern
berühren,
werden wir untertauchen,
automares Garn
wird deine Hüfte umhüten,
in deinem abgründigen Garten,
werden Gewächse
wir pflanzen
von Stahl und Zement,
werden wir
Hände und Füße dir binden,
auf deiner Haut werden die Menschen,
blitzeschleudernd, lustwandeln,
Traubengebilde ernten,
Fischereigeräte errichten,
dich zügeln und auf dir reiten,
deine Seele bezwingend.
Dieses aber wird geschehen, wenn

die Menschen
geregelt haben
unser Problem,
das große,
das große Problem.
Alles werden wir ordnen,
nach und nach:
Dich, Meer, werden verpflichten wir,
dich, Erde, werden verpflichten wir,
Wunder zu vollbringen,
denn in uns selber,
im Kampf
sind beschlossen Fisch und Brot,
ist das Wunder.

ODE AN DIE VERGANGENHEIT

Heut im Gespräch
trat die Vergangenheit
über die Ufer,
meine Vergangenheit.
Voll Nachsicht
die kleinen
schmutzigen Dinge,
nichtige
Episoden,
schwarzes Mehl,
Staub.
Du liegst,
leicht
über dich selbst
geneigt,
auf der Lauer,
lächelst,

feierst dich,
doch
handelt es sich
um einen andern, um deinen Freund,
um deinen Feind,
dann
wendest du dich mitleidlos ab,
runzelst die Brauen:
»Was alles tat doch dieser Mensch!
Diese Frau, was für Dinge
verübte sie!«
Du hältst dir
die Nase zu,
offensichtlich
mißfallen dir
die fremden Vergangenheiten sehr.
Was uns betrifft, so blicken wir
sehnsuchtsvoll zurück
auf unsre schlimmsten Tage,
öffnen
vorsorglich die Truhe
und pflanzen,
daß man uns bewundre,
die Großtat auf.
Das übrige vergessen wir.
Es ist schlechtes Gedächtnis allein.
Höre zu und lerne:
Es teilt
in zwei Ströme sich
die Zeit:
Einer
fließt rückwärts, verschlingt,
was du gelebt,
der andre
eilt mit dir voran,
dein Leben

aufdeckend.
Nur in einer Minute
flossen sie zusammen.
Das ist's.
Das ist die Stunde,
der Tropfen eines Augenblicks,
der die Vergangenheit fortreißen wird.
Die Gegenwart ist es.
Sie liegt in deinen Händen.
Reißend, entgleitend,
stürzt sie kaskadenhaft dahin.
Du aber bist ihr Gebieter.
Bau sie dir auf
mit Liebe, Entschiedenheit,
mit Stein und Schwinge,
mit klingender
Gradheit.
Getreiden reinsten Korns,
mit dem hellen Metall
deiner Brust,
wandelnd
im Mittag,
ohne die Wahrheit
zu fürchten, das Gute, die Gerechtigkeit,
Gefährten deines Gesangs,
die Zeit, die dahinströmt,
wir haben
einer Gitarre
Gestalt und Klang,
und so du dich neigst
über die Vergangenheit,
künden wird der Quell der transparenten
Zeit
deine Redlichkeit im Lied.
Die Zeit ist Freude.

ODE AN DIE EINSAMKEIT

O Einsamkeit, wundersames
Wort, wildwachsende
Kräuter
blühen zwischen deinen Silben.
Du aber bist nur blasses
Wortgebild, falsches
Gold,
trügerische Münze!
Ich beschrieb die Einsamkeit mit literarischen
Lettern,
band ihr die den Büchern
entlehnte Krawatte um,
zog ihr das Hemd an
des Traumes,
aber
ich kannte sie nur, da ich allein war.
Kein Tier jenem gleich
sah ich:
Der haarigen Spinne
und der Fliege
der Dunggruben
gleicht sie,
aber an ihren Kamelfüßen hat sie
Saugnäpfe unterseeischer Schlangen,
Pestgestank hat sie von Kellerräumen,
wo jahrhundertelang fahle Felle
von Robben und Ratten faulten.

Einsamkeit, ich will nicht,
daß du weiterhin
lügst durch den Mund der Bücher.
Es kommt der junge dunkle Dichter,
und um die träumerische Señorita
zu verführen also

sucht er düstren Marmor sich und errichtet dir
ein kleines Standbild,
das er vergessen wird
am Morgen seiner Hochzeit.
Aber
im Zwielicht des frühen Kindesalters
begegnen wir ihr
und halten sie für eine von den Inseln
entführte schwarze Göttin,
wir spielen mit ihrem Torso und erweisen ihr
unschuldsvolle kindliche Ehrfurcht.
Nicht wahr
ist die schöpferische Einsamkeit.
Nicht allein ist
der Same in der Erde.

Der Keime Unendlichkeit trägt
das tiefe Konzert der Leben,
und das Wasser ist einzig transparente Mütterlichkeit
eines unsichtbaren versunkenen vielstimmigen Gesangs.

Der Erde Einsamkeit
ist die Wüste. Und unfruchtbar
ist wie sie
die Einsamkeit
des Menschen. Die nämlichen
Stunden, Nächte und Tage
hüllen das ganze Erdenrund
mit ihrem Mantel ein,
doch sie überlassen der Wüste nichts.
Die Einsamkeit empfängt keine Samen.
Nicht Schönheit allein ist
das Schiff auf dem Weltenmeer:
Sein Taubenflug auf den Wassern
ist das Ergebnis
einer Gemeinschaft herrlich

von Feuer und Heizern,
von Stern und Seefahrern,
von Arbeitshänden und brüderlichen Fahnen,
von gemeinsamer Liebe und gleichem Geschick.

Die Musik,
um ihrem Leben Ausdruck zu verleihen,
suchte des Oratoriums chorische Dauer
und ward nicht nur
geschrieben von einem Menschen,
sondern von einer Reihe
tönender Gestirne.
Und dieses Wort,
das hier auf dem hängenden Zweig ich belasse,
dieses Lied, das keine
Einsamkeit sucht, sondern,
auf daß du es wiederholst, deinen Mund,
schreiben die Lüfte zusammen mit mir, die Menschen,
die vor mir lebten,
und du, der du meine Ode liest
gegen deine Einsamkeit, du hast die Richtung gewiesen,
und somit schrieben, ohne mich zu kennen,
deine eigenen Hände sie nieder mit den meinen.

ODE AN DIE ZEIT

In deinem Innern
anwächst dein Alter,
in meinem Innern
schreitet mein Alter voran.
Entschlossen ist die Zeit,
klanglos ist ihre Glocke,
anwächst die Zeit, sie wandert
in unserm Innern,

erscheint
wie ein tiefes Wasser
im Blick,
und in den glühenden
Kastanien deiner Augen
ein Hauch, die Spur
eines winzigen Rinnsals,
ein dürres Sternlein,
das aufsteigt zu deinem Mund.
Empor in dein Haar
trägt die Zeit
ihre Fäden,
aber in meinem Herzen
gleich einem Geißblatt
ist lebendig wie das Feuer
dein Duft.
Schön ist es,
wie wir leben,
das Leben feiernd, zu altern.
Jeder Tag
wurde transparenter Stein,
jede Nacht
eine schwarze Rose für uns,
und jene Runzel in deinem Antlitz oder meinem
sind Blüte und Stein,
eines Blitzes Erinnern.
Meine Augen
haben sich aufgebraucht an deiner Schönheit,
doch meine Augen bist du.
Ich ermüde unter meinen Küssen vielleicht
deine Brüste,
alle haben in meiner Freude aber
deinen heimlichen Glanz geschaut.
Liebe, was hat es auf sich,
daß die Zeit,
die nämliche, die zwei Flammen gleich

oder parallelen Ähren
meinen Leib emporhob und deine Süße,
morgens uns behält
und entkernt
und mit denselben unsichtbaren Fingern
auslöscht die Identität, die uns trennende,
uns den Sieg verleihend
eines einzigen endlichen Wesens unter der Erde.

ODE AN DIE TOMATE

Die Straße
füllte sich an mit Tomaten,
Mittagsstunde,
Sommerzeit,
in zwei
Tomatenhälften
teilt sich
das Licht,
rinnt
der Saft
durch die Straßen.
Im Dezember
löst sich
die Tomate ab,
fällt in die Küchen ein,
sie erscheint zum Frühstück,
läßt sich gelassen
nieder
zwischen Gläsern,
Butterschalen,
blauen Salzgefäßen
auf die Anrichten.
Sie strahlt

eigenes Licht,
sanfte Hoheit aus.
Welch ein Unglück, wir müssen
sie töten:
Es senkt sich
das Messer
in ihr lebendiges Fruchtfleisch,
ein blutrotes
Eingeweid,
eine frische,
tiefe,
unerschöpfliche
Sonne,
sie macht die Salate
Chiles vollkommen,
vermählt sich fröhlich
der hellen Zwiebel,
und um dieses zu feiern,
läßt man
Öl,
der Olive
innerste Essenz,
niederträufeln,
auf ihre halbgeöffneten Hemisphären
fügt sein prickelndes Arom
der Pfeffer hinzu,
das Salz seinen Magnetismus:
Es ist die Hochzeit
des Tages,
die Petersilie
pflanzt
ihre Feldzeichen auf,
und die Kartoffeln
brodeln mit aller Kraft,
der Braten
pocht

mit seinem Duft
an die Tür,
es ist soweit!
Fangen wir an!
Und auf
dem Tisch, am Leib
des Sommers,
die Tomate,
Gestirn der Erde,
häufiger
und fruchtbarer
Stern,
weist ihre Wölbungen uns,
ihre Kanäle,
die köstliche Vollkommenheit
und die Fülle
knochenlos,
panzerlos,
ohne Schuppen und Stacheln,
bringt sie uns
die Gabe dar
ihrer Feuerfarbe
und all ihre Frische.

ODE AN DIE TRAURIGKEIT

Traurigkeit, Käfer
mit sieben gebrochenen Beinen,
Spinnenei,
lästige Ratte,
Skelett einer Hündin:
Hier trittst du nicht ein.
Hier kommst du nicht durch.
Heb dich hinweg.

Kehre
gen Süden mit deinem Regenschirm,
kehre
gen Norden mit deinen Schlangenzähnen.
Hier lebt ein Dichter.
Durch diese Türen vermag
die Traurigkeit nicht einzudringen.
Durch meine Fenster
weht die Luft der Welt,
die neuen roten Rosen,
die bestickten Fahnen
des Volkes und seiner Siege.
Du vermagst es nicht.
Hier trittst du nicht ein.
Schüttle
deine Fledermausschwingen,
ich will auf die Federn treten,
die deinem Kleid entfallen,
ich werde deines Kadavers
Reste fegen
in alle vier Himmelswinde,
ich werde den Hals dir umdrehn,
die Augen dir zunähn,
dein Leichentuch will ich zerfetzen
und deine Nagetierknochen einscharren, Traurigkeit,
unter eines Apfelbaumes blühendem Frühling.

ODE AN DAS LEBEN

Die ganze lange Nacht
hämmerte der Schmerz auf mich ein
mit einem Beil,
doch der Schlaf
wusch wie ein dunkles Wasser

im Vorübergleiten blutbefleckte Steine.
Heute lebe ich wieder.
Von neuem,
Leben,
trage ich dich
auf meinen Schultern.

O Leben,
lichte Schale,
plötzlich
füllst du dich
mit schmutzigem Wasser,
erloschnem Wein,
mit Agonie und Untergängen,
mit schreckenden Spinnennetzen,
und viele glauben,
diese Farbe der Hölle
würdest du wahren allezeit.

Das ist nicht gewiß.

Eine lange Nacht geht vorüber,
eine einzige Minute vergeht,
und alles ist anders.
Es füllt sich
die Schale des Lebens
mit Transparenz.
Die Schöpfung des Weltraums
erwartet uns.
Auf einmal sind die Tauben geboren.
Und auf der Erde verwurzelt das Licht.

Leben, die armen
Dichter
glaubten dich bitter,
sie lösten sich nicht

von der Bettstatt mit dir,
mit dem Sturmwind der Welt.

Sie empfingen, ohne dich zu suchen,
die Schläge des Schicksals,
sie bohrten
ein schwarzes Loch
und tauchten unter
in die Trauer
eines verlassenen Brunnens.

Es ist nicht wahr, Leben,
du bist
schön
wie sie, die ich liebe,
und zwischen den Brüsten birgst du
der Minze Duft.

Leben,
du bist
ein vollkommenes Triebwerk,
Glückseligkeit, Sturmesbrausen,
Zartheit
köstlichen Öls.

Leben,
du bist wie ein Weinberg:
Alles Licht speicherst du und verteilst es,
umgewandelt in Trauben.

Wer dich verleugnet,
der möge warten
eine Minute, eine Nacht,
ein kurzes oder langes Jahr,
der möge aus seiner verlogenen Einsamkeit
treten,

möge forschen und kämpfen, seine Hände
anderen Händen vereinen,
der möge das Unglück nicht
auf sich nehmen und hätscheln,
der möge zurück es weisen, ihm,
wie die Steinbrecher den Steinen,
Mauergestalt verleihen,
der möge zerschlagen das Ungemach
und aus ihm sich
Beinkleider machen.
Das Leben erwartet uns
alle,
die wir lieben
den wilden
Duft von Meer und Minze,
die es zwischen den Brüsten birgt.

ODE AN DEN WEIN

Tagheller Wein,
nachtdunkler Wein,
Wein mit Purpurfingern
oder Blut von Topas,
Wein, du
der Erde
gestirnter Sohn,
Wein
wie ein Goldschwert glatt,
mild
wie aufgerauhter Sammet,
schneckenhaft gewunden
und aufgelöst,
liebeatmender,
meerischer Wein,

nie hattest du Raum in einem Glase genug,
in einem Lied, in einem Menschen,
Koralle, vermählend wirkst du,
zumindest das Paar.
Manchmal
nährst du dich von sterblichen
Erinnerungen,
in deinem Gewog
gehen wir von Grab zu Grab,
Steinmetz eisiger Grüfte,
und wir weinen
vergängliche Tränen,
doch
dein wunderschönes
Frühlingsgewand
ist von anderer Art,
aufschwingt sich das Herz ins Gezweig,
der Wind bewegt den Tag,
und nichts bleibt
im Innern deiner unbeweglichen Seele.
Der Wein
bringt den Frühling in Wallung,
gleich einer Pflanze aufwächst die Freude,
Mauern stürzen,
mächtige Felsen,
die Abgründe schließen sich,
und es erblüht das Lied.
Oh, Weinkrug, du mit der Herrlichen,
die ich liebe, in weltverlorener Einsamkeit,
sagt der betagte Dichter.
Möge zum Gewicht der Liebe
Seinen Kuß der Weinkrug fügen.

Geliebte du, auf einmal
ist deine Hüfte
des Glases

vollendete Rundung,
deine Brust die Traubendolde,
des Alkohols Schimmer deine Haarflut,
deine Brustspitzen Traubenkugeln,
dein Nabel makelloses Siegel,
geprägt auf das Gefäß deines Leibes,
und deine Liebe die Kaskade
unerschöpflichen Weines,
die Helle, die in meine Seele dringt,
des Lebens irdischer Glanz.

Aber nicht Liebe nur,
glühender Kuß
oder verbranntes Herz
bist du, Wein des Lebens,
sondern
Freundschaft auch der Menschenwesen, Transparenz,
Chorgesang der Gesittung,
von Blüten ein Überschwang.
Ich liebe beim Gespräch
auf dem Tisch
das Licht einer Flasche
verständigen Weines.
Man trinke ihn
und gedenke bei jedem
Tropfen Gold
oder topasenen Kelch
oder purpurnen Maß,
daß der Herbst es gewirkt,
bis angefüllt die Gefäße mit Wein,
und es lerne der dumpfe Mensch
bei der Verrichtung jeglichen Tuns
sich der Erd zu erinnern und seiner Verpflichtung:
zu verkünden der Früchte Lobgesang.

Neue elementare Oden

(1954)

ODE AN DIE SOCKEN

Mau Mori brachte mir
ein Paar
Socken,
die sie mit ihren
Hirtenhänden gestrickt,
zwei Socken, mollig anzufühlen,
wie Hasen.
In sie
steckte ich die Füße
wie
in zwei
Futterale,
gewebt
aus Fäden der
Morgendämmerung
und der Schafe Fell.

Ungebärdige Socken,
zwei Fische
aus Wolle
wurden meine Füße,
zwei gewaltige Haie
von ultramarinem Blau,
von einer goldenen Flechte
durchwirkt,
zwei gigantische Amseln,
zwei Brunnenrohre:
so wurden
meine Füße
durch
jene
himmlischen
Socken
geehrt.

Sie waren
so wunderbar,
daß meine Füße
zum ersten Mal mir unzulänglich
schienen
wie zwei altersschwache
Feuerwehrmänner,
unwürdig
jenes bestickten
Feuers,
jener leuchtenden
Socken.

Und dennoch,
ich widerstand
der heftigen Versuchung,
sie aufzubewahren,
wie Schüler
Leuchtkäfer
aufheben,
wie Gelehrte
ehrwürdige Dokumente
sammeln,
widerstand
dem mächtigen Impuls,
sie in einen goldenen
Käfig
zu legen
und ihnen tagtäglich
Kanarienfutter zu geben
und Fleisch der Melone, rosenfarbenes.
Entdeckern gleich,
die in der Wildnis
das junge, das allerseltenste
Edelwild
an den Bratspieß liefern

und unter Gewissensbissen
verzehren,
streckte ich
die Füße aus,
fuhr in
die
schönsten
Socken
und dann
in die Schuhe.

Und das ist
die Moral meiner Ode:
Zweifach ist die Schönheit
Schönheit,
und was gut ist, ist zweifach
gut,
so es sich um zwei Socken handelt
aus Wolle
im kalten Winter.

ODE AN DEN SCHÄDEL

Ich fühlte ihn
erst,
da ich stürzte,
da mir das Leben
entglitt
und ich fiel
aus
meinem Sein, wie aus zertretener
Frucht der Kern:
ich wußte nichts
denn Schlaf

und Dunkel,
und dann
Blut und Weg,
jäh
schneidendes
Licht:
Vorüberhastende,
die aufhoben deinen Schatten.
Später das Laken des Betts,
weiß wie Mond,
und endlich Schlaf,
an deine Wunde sich
wie schwarze Watte heftend.

Heute morgen
streckte ich einen heimlichen Finger aus,
glitt über die Rippen,
den geschundenen
Leib,
und einzig,
fest
wie eine Schale,
fand ich
meinen armen
Schädel.
Wie oft
in meinem Leben, auf Reisen, bei meinen Liebschaften
sah ich mir jedes Haupthaar an,
jedes Fältchen meiner Stirn,
ohne des Kopfes
Herrlichkeit zu gewahren,
des Gedankens
Knochenturm,
die Schale hart wie Kokos,
das schützende
Gewölb aus Kalk,

gleich einer Uhrenkapsel
mit mauerhafter Dichte
winzige Schätze
umhüllend,
Blutgefäße, Kreisläufe,
unglaubliche,
Pulse der Vernunft, Venen des Traumes,
Gallerte der Seele,
den ganzen
winzigen Ozean,
der du bist,
den tiefen Stolz
des Gehirns,
die wie eine versunkene Cordillere
gefurchten Windungen
und in ihnen
den Willen, den Fisch der Lebendigkeit,
die elektrische Blütenkrone
des Triebes,
die Algen der Erinnerung.

Ich berührte meinen Schädel
und entdeckte ihn,
wie man in der Geologie
eines Bergwalds,
der blattlos schon
und ohne schwingende Vogelmelodie,
das harte
Erz
entdeckt,
der Erde
Geripp,
und
verwundet noch immer
an ihm,

singe, rühme ich
den Schädel, den deinen,
den meinen,
den Schädel,
die schützende
Dichte,
das Schatzgehäus, Helmhaube
des Lebens,
des Daseins Nuß.

ODE AN DIE MÖWE

Der Möwe
über
den Pinienwäldern
der Küste,
ihr die im Winde
sausende Silbe
meiner Ode!

Segle,
leuchtende Barke du,
Banner aus zwei Schwingen,
durch meinen Vers,
Leib von Silber,
erheb
in den Mantel
des kalten Firmaments
dein unaufhaltsames Zeichen,
o Fliegende,
sanfte
Serenata des Fluges,
Pfeil aus Schnee, Segler
ruhig gleitend im transparenten Wind,

du schwingst dein Gleichgewicht empor,
indes
die Wiesengründe des Himmels
der rauhe Wind fegt.

Nach langer Fahrt,
gefiederte Magnolie,
Dreiecksgebild,
von der Luft
getragen in den Höhen
kehrst du, deine silberne
Gewandung schließend, gelassen
zu deiner ursprünglichen Gestalt zurück,
du rundest deinen schimmernden Schatz,
wirst weiße Knospe des Fluges
wieder,
rundlicher Keim,
Ei der Schönheit.

Ein anderer Dichter
würde seine sieghafte Ode
hier
enden.
Ich darf mir
den weißen Luxus
unnützen Schaumes
allein
nicht erlauben.
Verzeih es mir,
Möwe,
realistischer
Dichter
bin ich,
des Himmels Fotograf
Du frißt,
du frißt

und frißt,
nichts gibt es,
was du nicht verschlingst,
über dem Wasser des Hafens
lärmst du
wie eines Armen Hund,
saust
hinter dem letzten
Fetzen Eingeweid
eines Fischs her,
pickst
nach deinen weißen Schwestern,
raubst
die verschmähte Beute,
das wehrlose Häufchen
Unrat des Meeres,
spähst nach
hinabgefallenen
Tomaten,
den weggeworfenen
Überresten der Bucht.
Das alles
aber
verwandelst du
in reinliche
Schwinge,
in weiße Geometrie,
zu deines Fluges statischer Linie.

Daher
schneeiger Anker du,
Fliegerin,
dich rühme ich mit allem:
mit deiner wilden Gier,
mit deinem Schrei im Regen
oder mit deinem ruhevollen Schweben

einer dem Sturm
entrißnen Flocke Schnee,
mit deinem Frieden und Flug zugleich,
Möwe,
dir weihe ich
mein irdisches Wort,
ein plumper Flugversuch,
laß sehen, ob deinen Samen du
in meine Ode streust.

ODE AN DIE LEBER

Bescheidener,
du wohlorganisierter
Freund,
gründlicher
Arbeiter,
laß mich die Schwinge
meines Sanges dir verleihen,
den Luftstrom,
den Schwung
meiner Ode:
sie wird von deiner
unsichtbaren Maschine
erzeugt,
sie steigt himmelhoch
aus deiner unermüdlichen
dichtumwandeten Mühle,
Eingeweid,
empfindlich
und mächtig,
lebendig
und dunkel immer.
Während

das Herz erklingt
und der Mandoline die Partitur reicht,
filterst du,
sonderst du
im Innern dort,
trennst
und teilst,
mehrst du
und fettest ein,
steigst empor
und sammelst
Gramm für Gramm
das Leben ein und seine Fäden,
die letzten
Flüssigkeiten,
die innerste Essenz.

Untermeerisches
Eingeweid,
Wägender
des Bluts,
messend, umfüllend
lebst du
voller Hände
und Augen
in deiner verborgenen
Alchimistenklause,
gelb
ist dein System
roter Hydrographie,
Behälter
der gefährdetsten
Tiefe des Menschen,
dort auf immer
verborgen,
ewiglich

in der Werkstatt
und schweigsam.
Und jedes
Gefühl,
jeder Antrieb
erwuchs in deiner Maschinerie,
empfing
durch deine Verarbeitung,
die unermüdliche,
irgendeinen Tropfen.
Feuer oder Schwermut,
eine noch so kleine
anorganische Zelle
oder eine bei deiner Arbeit
verbrauchte Faser,
und schon irrt am Himmel sich der Flieger,
untergeht der Tenor in einem Pfeifkonzert,
geht dem Astronom ein Planet verloren.

Wie glänzen dort oben
der Rose
verführerische Augen,
die Lippen
der morgendlichen
Nelke!
Wie lacht
das Mädchen
im Fluß!
Und unten hier
der Filter, die Waage,
der Leber
zarte Chemie,
das Lagergewölb
der empfindsamen Veränderungen:
niemand
sieht sie, niemand singt sie,

wenn
aber
ihr Mörser alt wird
oder sich abnutzt,
verlöschen die Augen der Rose,
welkt der Schmelz der Nelke dahin,
und das Mädchen singt nicht mehr im Flusse.
Gestrenger Teil
meines ganzen
Seins,
Ahn
des Herzens,
Mühle
der Energie:
dich singe ich
und fürcht ich,
als wärest du der Richter,
der Maßstab,
der Waage unerbittliches Zünglein,
und so ich nicht vermag,
gebunden mich hinzugeben der Reinheit,
so das übermäßige
Schmausen
oder meiner Heimat angestammter Wein
danach trachten,
meine Gesundheit zu zerstören
oder das Gleichgewicht meiner Poesie,
von dir,
düstere Herrscherin,
Schenkin von Honig und Giften,
Regulatorin der Salze,
von dir erhoffe ich dann Gerechtigkeit:
ich liebe das Leben: Erfülle es mir! Arbeite!
Laß nicht stocken meinen Gesang.

ODE AN DIE SEIFE

Nähere ich
die
Seife
meinem Gesicht,
entzückt mich
ihr unschuldiger Duft:
Weiß nicht,
woher du stammst,
Duft,
aus welcher Provinz
du herrührst.
Von meiner Base?
Der Wäsche im Zuber,
den frostzersprungenen
Händen?
Von jenem
Flieder,
ach, von jenem?
Von den Augen
der ländlichen Maria?
Von den unreifen Kirschen
am Gezweig?
Vom Fußballplatz
und vom Bade
unter den
zitternden
Weiden?
Duftest nach Laubwerk du,
nach süßer Liebe oder nach
Geburtstagstorte? Duftest du
nach durchbohrtem Herzen?

Was trägst du,
Seife,

unvermutet
an die Nase mir
in der Frühe,
bevor ich ins morgendliche
Wasser steige
und auf die Straße gehe
unter die Menschen, beladen
mit ihren Waren?
Welch fernen Volkes
Ruch,
welchen Duft,
von Unterröcken,
Honig naturhafter Mädchen?
Oder ist es
der alte
vergessene
Duft des Warenlagers vielleicht
voller Gewürze
und Strandgut,
das weiße derbe Linnen
unter den Händen der Bauern,
die beglückende
Dicke
des Zuckerbrots
oder auf der Kredenz im Hause
meiner Onkel
eine rote Nelke
gleich einem roten Strahl,
gleich einem roten Pfeil?

Ist dies
dein durchdringender
Duft
nach billigem
Kramladen, nach unvergeßlicher
Siedlung, nach Friseursalon,

nach reiner Provinz,
nach frischem Wasser?
Das alles
bist du,
Seife, reine Köstlichkeit,
vorüberwehendes Arom,
das hingleitet
und schwimmt, ein
blinder Fisch,
in der Tiefe der Badewanne.

ODE AN DAS AUGE

Machtvoll bist du, aber
ein Sandkorn nur,
ein Fliegenbein,
die Hälfte eines Milligramms
Staub
drang in dein rechtes Auge,
und verschwommen, schwarz ward
die Welt,
die Straßen
wurden zu Treppen,
Gebäude hüllten sich in Rauch,
deine Liebste, dein Sohn, dein Teller,
alles nahm fremde Farbe an, verwandelte sich
in Palmen oder Spinnen.

Hüte dein Auge!

Auge,
wundersame Himmelskugel,
unserer abgründigen Tiefe
kleiner Polyp,

der das Licht saugt
aus den Finsternissen,
vollendete
Perle du,
magnetischer
Gagat,
Maschinchen
flink
wie nichts, wie keiner,
schwindelerregender
Fotograf,
französischer Maler,
Staunens Enthüller,
Auge,
du gabst dem Licht
des Smaragden Namen,
verfolgst
das Wachsen
des Orangenbaums,
stellst
die Gesetze der Morgenröte unter Kontrolle,
du ermißt,
siehst die Gefahr voraus,
begegnest dem Strahl
anderer Augen,
und im Herzen entbrennt die Flamme,
gleich einem
tausendjährigen Mollusk
erschrickst du
beim Angriff der Säure,
du liest,
liest
Zahlen der Bankiers,
Alphabete
ganz junger Schüler aus der Türkei,
aus Paraguay, aus Malta,

Namenverzeichnisse
liebst du
und Romane,
du umfaßt Wogen, Ströme,
Geographien,
entdeckst,
erkennst
deine Fahne
unter den Schiffen auf fernem Meer,
bewahrst dem Schiffbrüchigen
das blaueste
Bildnis des Himmels,
und des Nachts
dein kleines
Fenster,
das sich schließt,
öffnet sich andererseits wie ein Tunnel
der vagen Heimat der Träume.

Ich erblickte
in der Salpetersteppe
einen Toten,
es war
ein Salpeterarbeiter;
Bruder des Wüstensands.
Bei einem Streik,
da
er
mit seinen Gefährten aß,
schlug man ihn nieder, dann
tränkten
mit seinem Blut,
das wieder zur Erde kehrte,
die Männer
ihre Fahnen,
und, durch die grausame Steppe,

singend
und ihren Henkern trotzend,
zogen sie.
Sein Antlitz zu berühren,
beugte ich mich nieder,
und in den toten
Augäpfeln,
tief innen
eingezeichnet,
sah ich,
daß seine Fahne
lebendig
geblieben,
die gleiche,
die seine Brüder
singend da trugen
zum Kampf,
dort,
wie in einem Brunnen
aller
menschlichen Ewigkeit
sah ich
seine Fahne
als scharlachrotes Feuer
als
Mohnblüte
unzerstörbar.
Auge,
du hattest
in meinem Gesang gefehlt,
und da ich, die Saiten meiner Leier
und meiner Ode zu schlagen,
ein weiteres Mal ans Weltmeer ging,
zeigtest du mir
voll Zartgefühl,
wie dumm ich bin: ich sah das Leben, die Erde,

alles
sah ich,
nur meine Augen nicht.
Da
ließest du
unter mein Lide
ein Staubatom dringen.
Da verschleierte sich mir der Blick.
Und ich sah die Welt
ins Dunkel gestürzt.
Der Augenarzt
hinter einem Stirnspiegel
richtete seinen Lichtstrahl auf mich
und ließ
wie auf eine Auster auf mich
einen Tropfen der Hölle fallen.
Später
da ich, nachdenklich,
mein Augenlicht wiedergewann
und die großen braunen
Augen der, die ich liebe,
voll Bewunderung betrachtete,
tilgte ich meine Undankbarkeit mit dieser Ode hier,
die deine
unbekannten Augen
lesen.

ODE AN DIE GEGENWART

Diese
Gegenwart,
glatt,
frisch
wie ein Brett,

diese Stunde,
diesen Tag
rein
wie ein neues Glas
– von der Vergangenheit
nicht ein
Spinnweb blieb –
berühren wir
mit den Fingern
die Gegenwart,
wir schneiden
ihr Maß,
lenken
ihr Knospen,
lebendig ist sie,
voller Leben,
nichts hat sie
vom Gestern, dem unabänderlichen,
von verlorener Vergangenheit,
sie ist unser
Geschöpf,
wächst
in diesem
Augenblick, führt
Sand mit sich, ißt
aus unseren Händen,
packe sie,
daß sie nicht entgleite,
daß sie nicht in Träume sich verliere
noch in Worte,
ergreife sie,
unterwirf sie
und befiehl,
bis sie dir gehorcht,
verwandle sie in Weg,
Glocke,

Maschine,
Kuß, Buch
und Liebkosung,
zerteile ihren köstlichen
Holzduft,
und aus ihm
baue dir einen Stuhl,
flechte seine Rückenlehne,
probiere ihn aus,
doch besser noch:
eine Treppe!
Ja,
Treppe,
steige aufwärts
in der Gegenwart,
Stufe
um Stufe,
die Füße
fest
auf das Holz der Gegenwart,
nach oben,
nach oben,
nicht allzu hoch,
so weit nur,
bis du
die Regentraufe
am Dach
reparieren kannst,
nicht allzu hoch,
steig nicht bis zum Himmel,
die Äpfel
erreiche,
die Wolken nicht,
diese
laß
am Himmel ziehn, dem Vergangenen

entgegeneilen.
Du
bist
deine Gegenwart,
dein Apfel:
pflücke ihn
von deinem Baum,
heb ihn
mit deiner Hand
in die Höhe,
er glänzt
wie ein Stern,
berühre ihn,
beiß mit deinen Zähnen hinein und gehe weiter
pfeifend auf dem Wege.

ODE AN DIE SOLIDARITÄT

Und dort, was taten sie?
Weißt du es?
Bist du einverstanden?
Wer sind jene?
Etwas geschieht, und deine Schuld ist es.
Du aber wirst es nicht wissen.
Jetzt
mach ich dich aufmerksam.
Du kannst die Dinge
so nicht lassen.
Wo
hast du dein Herz?
Du hast einen Mund.
Du blickst mich an,
befremdet.
Es scheint,

du weißt
auf einmal,
daß dir eine Hand fehlt,
die beiden Augen,
die Zunge
oder die Hoffnung.

Aber
ist es möglich, Pedro
oder Juan oder Diego,
daß du etwas
so Notwendiges
einbüßt,
ohne es zu merken?
Gehst du denn
schlafend einher?
Was hast du gegessen?
Sahst du
die Augen der Leute nicht?
Du stiegst
in einen Zug, tratest in eine Baracke,
in eine Küche
und bemerktest nicht das verhüllte
Licht,
sahst nicht, daß die Hände,
des, der da geht und kommt,
nicht nur seine Hände sind:
es ist einer
und etwas, das dich sucht.

Zu dir – blick nicht
auf die andere Seite,
denn
ich rufe nicht deinen Nachbarn –
zu dir
spreche ich.

Die andern sagten mir:
»Suche ihn auf,
wir sind allein.«
Des Frühlings frisch hervorgesprossene
Blätter
fragten:
»Was macht Pedro?«
Ich wußte es nicht, konnte
keine Antwort geben,
und dann
das tägliche Brot,
der Himmel voller Sterne,
alles
fragt,
wo lebt
Juan,
fragt, ob
Diego
sich verirrte,
und sie,
sie
sind dort allein
und jeden Tag
allein
zwischen
Wand
und Schweigen,
indes
du
und ich
rauchen.
Rauch,
Kringel, Arabesken,
Ringe
aus Rauch
und Rauch

Ringe aus Rauch und Rauch
sind das die Lebenden denn?
Dem ist nicht so.
Dem entgehst du nicht.
Nun
wirst du mir helfen. Ein Finger
von dir,
ein Wort,
ein Zeichen;
und wie
Finger, Zeichen, Worte
ihren Weg nehmen und wirken,
etwas
in der reglosen Luft wird erscheinen,
ein
solidarischer Laut im Fenster,
ein
Stern in dem schrecklichen nächtlichen Frieden,
dann
wirst du ruhig schlafen,
wirst ruhig du leben:
wirst Teil
des Klanges sein, der zu deinem Fenster eilt,
des Lichtes, das die Einsamkeit zerbrach.

Extravaganzenbrevier

(1958)

man
tigt
nö
be
Himmel
gen
fahren
zu
auf
Um

zwei Flügel,
eine Geige
und so viele unzählbare
Dinge, ohne sie besonders zu nennen,
Beglaubigungsschreiben über ein aufmerksames und
ruhiges Auge,
Eintragung in des Mandelbaums Knorren,
Berechtigungsurkunde des Grases am Morgen.

BITTE UM RUHE

Nun lasse man mich in Ruhe.
Nun mag man sich an mein Abwesendsein gewöhnen.

Ich will meine Augen schließen.

Fünf Dinge nur will ich,
fünf eingewurzelte Vorlieben.

Eine ist die unendliche Liebe.

Die zweite ist, den Herbst erleben.
Ich kann, ohne daß Blätter
treiben und zur Erde kehren, nicht sein.

Das dritte ist der bittere Winter,
der Regen, den ich geliebt, des Feuers
Zärtlichkeit inmitten grimmiger Kälte.

An vierter Stelle der Sommer
prallrund wie eine Wassermelone.

Das fünfte sind deine Augen.
Matilde, inniggeliebte,
ich mag nicht schlafen ohne deine Augen,
mag nicht leben ohne deinen Blick:
Ich tauschte den Frühling ein,
damit du mich fort und fort anblickst.

Freunde, das ist alles, was ich begehre.
Es ist fast nichts und doch fast alles.

Nun könnt ihr gehen, wenn ihr wollt.

Ich werde so lange gelebt haben, daß ihr eines Tags
zwangsläufig mich vergessen müßt
und mich auslöschen auf der Schiefertafel:
mein Herz war unendlich.

Aber wenn ich Ruhe verlange,
glaubt nicht, daß ich sterben will:
ganz das Gegenteil widerfährt mir:
ich werde anfangen zu leben.

Ich bin und bleibe da.

Jenes wird nicht sein, sondern in mir
wird Getreide wachsen,
zuerst das Samenkorn, das die Erde
durchbricht, um das Licht zu schauen,
doch die Mutter Erde ist dunkel:
und dunkel bin ich in meinem Innern:
bin wie ein Brunnen, in dessen Wasser
die Nacht ihre Sterne beläßt
und allein bleibt auf dem Felde.

Soviel wie ich lebte, soviel will ich
zum andern leben, darum gehts.

Nie zuvor fühlte ich mich so im Einklang,
nie zuvor hatte ich Küsse soviel.

Jetzt, wie immer, ist frühe Stunde.
Das Licht fliegt mit seinen Bienen.

Laßt mich allein mit dem Tag.
Gebt mir Urlaub, daß ich geboren werde.

UND WIE LANGE LEBT MAN?

Wie lange lebt der Mensch, letzten Endes?

Lebt er tausend Tage oder einen einzigen?

Eine Woche oder mehrere Jahrhunderte?

Für wie lange Zeit stirbt der Mensch?

Was bedeutet »Für immer«?

Da diese Angelegenheit mich beunruhigte,
machte ich mich daran, Licht in die Dinge zu bringen.

Ich suchte die weisen Priester auf,
ich wartete auf sie nach dem Gottesdienst,
ich lauerte ihnen auf, wenn sie fortgingen,
Gott und den Teufel zu besuchen.

Sie langweilten sich bei meinen Fragen.
Auch sie wußten nicht viel,
sie waren nur Geschäftsführer.

Die Ärzte empfingen mich
zwischen der einen und der anderen Konsultation,
in jeder Hand ein Seziermesser,
übersättigt von Aureomycin,
tagtäglich mehr beschäftigt.
Soweit ich begriff, was sie sagten,
war das Problem wie folgt:
Nie zuvor starben so viele Mikroben,
tonnenweise gingen sie zugrunde,
die wenigen aber, die übrigblieben,
zeigten sich anormal.

Sie jagten mir einen solchen Schrecken ein,
daß ich die Totengräber aufsuchte.
Ich ging an die Ströme, wo sie
bedeutende bemalte Leichen verbrennen,
kleine ausgemergelte Tote,
Kaiser, über und über bedeckt
mit erschrecklichen Schuppen,
Frauen, plötzlich

von einer Cholerawelle niedergestreckt.
Da waren Ufer von Verstorbenen
und Aschespezialisten.

Als sich die Gelegenheit bot,
stellte ich ihnen ein paar Fragen,
sie boten mir an, mich zu verbrennen:
Das war alles, was sie wußten.

In meinem Land antworteten mir
die Totengräber beim Bechern:
»Such dir ein dralles Mädchen,
und laß die Dummheiten.«

Nie hatte ich so fröhliches Volk gesehen.

Sie sangen und tranken den Wein
auf Gesundheit und Tod,
es waren gewaltige Deckhengste.

Älter kehrte ich in mein Haus zurück,
nachdem ich die Welt durchwandert bin.

Ich frage keinen mehr nach irgendwas.

Doch weiß ich jeden Tag weniger.

SCHWEIGT

Jetzt zählen wir zwölf,
und wir rühren uns nicht.

Einmal auf Erden laßt
uns in keiner Sprache sprechen,
für eine Sekunde stillstehn,
nicht soviel die Arme bewegen.
Das wäre eine leuchtende Minute
ohne Hast, ohne Lokomotiven,
alle wären wir beisammen
in einer augenblicklichen Unruhe.

Die Fischer des kühlen Meeres
würden den Walen nichts zuleide tun,
und der Salzarbeiter
blickte auf seine zerfressenen Hände.

Sie, die grüne Kriege vorbereiten,
Gaskriege, Flammenkriege,
Siege ohne Überlebende,
würden sich ein reines Kleid anziehen
und mit ihren Brüdern spazierengehn
im Schatten, ohne was zu tun.

Man verwechsle nicht, was ich will,
mit der endgültigen Untätigkeit:
das Leben ist einzig, was man tut,
ich habe nichts im Sinn mit dem Tod.

Wenn wir nicht vermögen, einträchtig zu sein,
obwohl wir in unser Leben so viel Bewegung tragen.
Vielleicht vermag einmal Nichtstun,
vielleicht ein großes Schweigen
diese Trostlosigkeit zu unterbrechen.

dieses Uns-nie-Verstehen,
dieses Uns-mit-dem-Tod-Bedrohen,
vielleicht soll uns die Erde lehren,
wenn alles tot erscheint
und doch alles lebendig war …

Jetzt werde ich bis zwölf zählen,
und du schweigst, und ich geht fort.

NICHT ZU HOCH HINAUS

Von Zeit zu Zeit und auf Distanz
sollte man ein Todesbad nehmen.

Zweifellos, alles ist recht gut,
und alles ist sehr schlecht, zweifellos.

Ankommen die Reisenden und gehn,
es wachsen die Kinder und die Straßen,
und schließlich kaufen wir die Gitarre,
die im Laden einsam weinte.

Alles ist gut, alles ist schlecht.

Die Gläser füllen sich und sind
ganz einfach wieder leer,
und manchmal, in der Frühe,
sterben sie geheimnisvoll.

Die Gläser und die sie leerten.

So groß sind wir geworden, daß wir
nicht mehr den Nachbar grüßen.

Und so viele Frauen lieben uns,
daß wir nicht wissen, wie es schaffen.

Welch schöne Kleider wir doch tragen!
Und was für bedeutende Meinungen!

Ich kannte einen gelben Mann,
der sich für orangen hielt,
und einen Neger, ganz in Blond.

Man sieht und sieht soviel Dinge.
Ich sah Diebe festlich empfangen
als makellose Gentlemen,
und das vollzog sich auf englisch,
und ich sah die Ehrlichen, Hungernden
auf der Suche nach Brot im Kehricht.

Ich weiß, mir glaubt es niemand.
Aber ich habe es mit eigenen Augen gesehn.

Man sollte ein Todesbad nehmen
und aus der zugeschütteten Erde
nach oben blicken zum Stolz hin.

Dann lernt man das rechte Maß.
Lernte sprechen, lernte leben.
Vielleicht werden wir nicht so töricht sein.
Vielleicht werden wir nicht so weise sein.
Wir werden sterben lernen.
Staub sein, keine Augen haben.
Vergessener Name sein.

Es gibt Dichter, so groß,
daß sie durch keine Tür gehn,
und gewandte Geschäftsleute,
die sich der Armut nicht mehr entsinnen.

Frauen gibts, die nicht durch
ein Zwiebelaug eintreten werden,
und so viele Dinge sind, so viele Sachen,
und so ist es, und so wird es nicht bleiben.

Wenn ihr wollt, glaubt mir nichts.

Ich wollte euch nur etwas weisen.

Ich bin Professor des Lebens,
tastender Student des Todes,
und wenn, was ich weiß, zu nichts euch dient,
so habe ich nichts gesagt, wenn nicht alles.

SCHLUSSPUNKT

Es gibt keinen größeren Raum als den Schmerz,
gibt kein anderes Universum als das, das blutet.

DASS WIR HERAUSKOMMEN

Der Mensch sagte ja, ohne daß er feststellen
konnte, worum es ging,
und er wurde mit fortgerissen und wurde verpflichtet,
und nie mehr fand er aus seiner Verwicklung heraus,
und ist es so, fallen wir
in den Abgrund anderer Wesen,
und da kommt eine Schnur und wickelt sich uns
um den Hals,
und eine andere sucht unsern Fuß, und schon vermag
man nicht mehr,

schon vermag man nur mehr in der Tiefe zu gehen:
niemand errettet uns von den anderen Menschen.

Es scheint, daß wir nicht zu reden verstehen,
es scheint, daß es Worte gibt, die fliehen,
die nicht vorhanden sind, die entschwanden und uns
zurückließen mit Fallen und Schnüren.

Und plötzlich ist's geschehn, schon wissen wir nicht mehr,
um was es geht, aber wir stecken drin,
und schon werden wir nicht mehr sehen
wie einst, da wir als Kinder spielten,
schon sind nicht mehr jene Augen,
schon wachsen unsre Hände an anderen Armen.

Darum, wenn du schläfst, träumst du allein,
und du läufst frei durch die Gänge
eines einzigen Traumes, der dir gehört,
ach, mögen sie nicht kommen, uns Träume rauben,
ach, mögen sie uns nicht im Bett umgarnen.
Hüten wir den Schatten,
laßt sehn, ob wir aus unsrem Dunkel
gelangen, und prüfen wir die Wände,
belauern wir das Licht, um es einzufangen,
daß ein für allemal
die tägliche Sonne uns gehöre.

PFERDE

Ich sah die Pferde vom Fenster aus.

Es war in Berlin, im Winter. Das Licht
war lichtlos, ohne Himmel der Himmel.

Die Luft weiß wie nasses Brot.

Und vor meinem Fenster ein einsamer Zirkus
von den Zähnen des Winters angenagt.

Plötzlich, geführt von einem Mann,
traten zehn Pferde in den Nebel hinaus.
Beim Herauskommen tänzelten sie ganz leicht,
wie das Feuer,
für meine Augen jedoch nahmen sie die
bis zur Stunde leere Welt ein. Vollkommen, feurig,
waren sie zehn Gottheiten mit langen makellosen Beinen,
Mähnen, dem Traum des Salzes gleich.

Ihre Kruppen waren Welten, waren Orangen.

Ihre Farbe Honig, Amber, Feuersglut.

Ihre Hälse waren Türme
im Stein des Stolzes geschnitten,
und in ihren wilden Augen zeigte
wie eine Gefangene sich die Kraft.

Und dort im Schweigen, inmitten
des Tags, des schmutzigen verwahrlosten Winters,
die kraftvollen Pferde waren das Blut,
der Rhythmus, des Lebens antreibendes Gut.

Ich schaute und schaute, und da lebte ich von neuem:
ohne es zu wissen,
dort war die Quelle, Tanz des Goldes, der Himmel,
das Feuer, das in der Schönheit lebte.

Ich hatte den Winter jenes düstren Berlins vergessen.

Ich werde nicht das Licht der Pferde vergessen.

ÜBER MEINE SCHLECHTE ERZIEHUNG

Welcher ist der Welche, welches ist das Wie?
Wer weiß, wie man sich benehmen muß?

Wie natürlich doch die Fische sind!
Nie erscheinen sie zu ungelegener Zeit.
Sie sind eingeladen ins Meer
und kleiden sich korrekt,
nicht eine Schuppe fehlt,
geschmückt sind sie vom Wasser.

Ich dagegen lege jeden Tag
nicht nur die Füße auf den Teller,
auch die Ellbogen, die Nieren,
die Leier, die Seele, die Flinte.
Ich weiß nicht, was mit den Händen anfangen
und habe gedacht, zu erscheinen ohne sie,
doch wohin stecke ich dann den Ring?
Welch schauderhafte Ungewißheit!

Und dann kenne ich keinen.
Ich erinnere mich nicht ihrer Namen.

– Ich vermeine Sie zu kennen.
– Sind Sie nicht ein Schmuggler?
– Und Sie, gnädige Frau, sind Sie nicht die Geliebte
des dem Trunk verfallenen Dichters,
der unentwegt umherflaniert
ohne festes Ziel auf den Gesimsen?
– Er flog, weil er Flügel hatte.
– Und Sie bleiben erdverhaftet.
– Mir hätte es zugesagt, Sie als indische Witwe
einem großen Scheiterhaufen übergeben zu haben,
aber könnten wir Sie nicht jetzt verbrennen?
Wie würde das Herz da hämmern.

Ein anderes Mal in einer Gesandtschaft
verliebte ich mich in eine Dunkelhäutige,
sie wollte sich dort nicht ausziehen,
und ich machte sie rücksichtslos herunter:
bist du verrückt, wilde Statue,
wie kannst du nur in Kleidern einhergehen?

Sie wiesen mich herzlos
aus dieser und jener Gesellschaft,
wenn ich mich irrtümlich näherte,
schlossen sie Fenster und Türen.

Ich zog sodann mit Zigeunern
und Gauklern umher,
mit Matrosen ohne Schiff,
mit Fischern ohne Fisch,
aber sie alle hatten Lebensregeln,
ein unbegreifliches Zeremoniell,
und meine jämmerliche Erziehung
trug mir arge Konsequenzen ein.

Darum weiß ich nicht, wozu mich entschließen,
ich kleide mich nicht, noch gehe ich nackt,
ich warf die Gabeln auf den Kehricht,
die Löffel, die Messer.
Ich lächle einzig für mich selbst,
stelle keine indiskreten Fragen,
und wenn man kommt, mich abzuholen,
mit allen Ehren zu den Banketten,
schicke ich meine Kleider, meine Schuhe hin,
mein Hemd mit meinem Hut,
aber nicht einmal so sind sie zufrieden:
mein Anzug trug keine Krawatte.

Und so, um mich jedes Zweifels zu entledigen,
entschied ich mich für ein ehrenwertes Leben

aktivster Faulheit,
ich läuterte meine Absichten,
ging, mit mir allein zu speisen, aus,
und so blieb ich stumm.
Manchmal forderte ich mich zum Tanz auf,
allein ohne große Begeisterung,
und ich gehe allein ins Bett, lustlos,
um mich nicht im Zimmer zu irren.

Lebt wohl, ich bin da, wenn ich ankomme.

Guten Tag, ich geh in Eile fort.

Wenn sie mich sehen wollen, wissen sie es ja:
sollen sie mich suchen, wo ich nicht bin,
und wenn sie genug Zeit und Mund haben,
können sie mit meinem Lichtbild sprechen.

DER KEHLKOPF

Jetzt wird es ernst, sagte
der Tod, und mir schien es,
daß er mich anblickte, anstarrte.

Das geschah im Krankenhaus,
in niederdrückenden Gängen,
und der Arzt untersuchte mich
mit den Augen eines Periskops.
Er steckte seinen Kopf in meinen Mund
und schabte an meinem Kehlkopf:
vielleicht war dort ein Samenkorn
des Todes hingefallen.

Anfangs löste ich mich in Rauch auf,
damit der Aschgraue,
ohne mich zu erkennen, vorüberginge.
Ich spielte den Unwissenden, machte mich klein,
spielte den Einfältigen, machte mich durchsichtig,
ich wollte einzig Radfahrer sein
und umherfahren, wo er nicht war.

Dann überkam mich der Zorn,
und ich sagte, Tod, du Hurensohn,
wie lange noch schneidest du uns den Lebensfaden ab?
Hast du mit so vielen Knochen nicht genug?
Ich will dir sagen, was ich denke:
gefährde uns nicht, du bist fühllos
und unerträglich stumpfsinnig.

Warum scheinst du mir nachzuspüren?
Was hast du vor mit meinem Skelett,
warum holst du dir nicht den Trostlosen,
den Starrsüchtigen, den Arglistigen,
den Verbitterten, den Untreuen, den Harten,
den Mörder, die Ehebrecher,
den pflichtvergeßnen Richter,
den lügenhaften Journalisten,
die Tyrannen der Inseln,
die Brandstifter der Wälder,
die Polizeichefs
samt Gefängniswärtern und Dieben?
Warum willst du mich holen?
Was hab ich mit dem Himmel zu schaffen?
Die Hölle behagt mir nicht,
und ich fühle mich wohl auf der Erde.

Mit solchen innerlichen
Schimpfereien hielt ich mich aufrecht,
während der rastlose Doktor

in meinen Lungen herumspazierte:
er hüpfte von einer Bronchie zur anderen wie
ein Vögelchen von Ast zu Ast:
Ich fühlte meine Kehle nicht,
mein Mund klaffte auf wie
das Scharnier einer Rüstung,
und hinein und heraus radelte der Doktor
zu meinem Kehlkopf,
bis er mürrisch und halsstarrig
mich ansah mit seinem Teleskop
und mich vom Tode schied.

Es war nicht, was man mutmaßte.
Diesmal war die Reihe nicht an mir.

Wenn ich euch sage, daß ich sehr litt,
daß ich schließlich das Mysterium wollte,
daß unser Heiland und die Heilige Jungfrau
mich in ihrem Palmenhain erwarteten,
wenn ich euch meine Enttäuschung nenne
und daß mich die Angst verschlingt,

den Tod nicht nahe zu haben,
wenn ich rede wie ein Huhn,
daß ich sterbe, weil ich nicht sterbe,
gebe man mir einen Tritt in den Hintern,
mich zu strafen als einen Lügner.

KATZENTRAUM

Wie schön schläft eine Katze,
sie schläft mit Pfoten und Schwere,
schläft mit ihren grausamen Krallen
und ihrem blutgierigen Blut,
schläft mit allen Ringen,

die wie versengte Kreise
die Geologie eines sandfarbenen
Schweifs errichten.

Ich möchte wie eine Katze schlafen
mit allen Fasern der Zeit,
mit des Feuersteins Zunge,
dem trocknen Sexus des Feuers
und dann mit niemandem sprechen,
mich ausstrecken über die Welt,
über Dachziegel und Erde
angespannt darauf aus,
die Ratten des Traums zu jagen.

Ich hab gesehn, wie die Katze
im Schlafe dünte: es rann
durch sie wie dunkles Wasser die Nacht,
und zuweilen war sie im Begriff zu fallen,
war sie vielleicht im Begriff, hinabzustürzen
in nackte Schneeschluchten,
vielleicht wuchs im Schlaf sie so sehr
wie eines Tigers Urahn
und wollte im Finstern
auf Dächer, Wolken und Vulkane springen.

Schlafe, schlaf, nächtliche Katze
mit deinen Bischofszeremonien
und deinen steinernen Schnurrhaaren:
bestimme all unsere Träume,
lenke die Dunkelheit
unserer schlummernden Großtaten
mit deinem blutgierigen Herzen
und dem langen Hals deines Schweifs.

TIERSAMMLUNG

Vermöchte ich doch mit Vögeln,
Austern und Eidechsen zu reden,
mit den Füchsen von Selva Oscura,
mit den musterhaften Pinguinen,
verständen die Schafe mich doch,
die schmachtenden wolligen Hunde,
die Droschkengäule,
könnte ich mit den Katzen diskutieren,
hörten mir doch die Hühner zu!

Niemals fiele es mir ein,
mit eleganten Tieren zu reden:
ich bin nicht neugierig
auf die Meinung der Wespen
oder der Rennpferde:
mögen sie im Flug sich einigen,
mögen sie im Rennen Kleider gewinnen!
Ich will mit den Fliegen sprechen,
mit der gerad geborenen Hündin,
mich mit den Schlangen unterhalten.

Als ich Füße zum Wandern hatte
durch drei längst vergangene Nächte,
folgte ich den nächtlichen Hunden,
diesen abgemagerten Pilgern,
die unterwegs sind, im Schweigen,
in großer Hast einhertrotten, nirgendwohin,
ihnen folgte ich lange Stunden
und sie mißtrauten mir,
ach, arme törichte Hunde,
sie versäumten die Gelegenheit,
von ihrer Schwermut zu erzählen,
mit Kummer und Schwanz durch die Straßen
der Hirngespinste zu streifen.

Immer war meine Neugier
auf das erotische Kaninchen groß:
wer erregte es, wer flüsterte
in seine geschlechtlichen Ohren?
Es zeugt in einem fort und fort,
nimmt keinerlei Rücksicht auf den heiligen Franziskus
noch hört es auf irgendeine Dummheit:
das Kaninchen bespringt und bespringt
mit einem unerschöpflichen Organismus.
Ich möchte mit dem Kaninchen sprechen,
ich liebe seine ausgelassenen Gepflogenheiten.

Die Spinnen werden abgetan
auf saudummen Seiten
unerträglicher Dummköpfe,
die sie mit Fliegenaugen betrachten,
die sie als freßgierig beschreiben,
als fleischlich, untreu, sexuell, lasziv.
Für mich porträtiert jener
Leumund nur die Verleumder:
die Spinne ist eine Technikerin,
eine göttliche Uhrmacherin,
wegen einer Fliege mehr oder weniger
verachten die Idioten sie,
ich will mich mit der Spinne unterhalten:
ich möchte, daß sie mir einen Stern webt.

Mich interessieren derart die Flöhe,
daß ich mich stundenlang stechen lasse,
sie sind vollkommen, uralt, sanskrithaft,
sind unvermeidliche Maschinen,
sie stechen nicht, um zu essen,
sie stechen allein, um zu springen,
sind die Weitspringer des Erdballs,
die Zarten, die Akrobaten
des sanftesten geistreichsten Zirkus:

mögen sie über meine Haut galoppieren,
mögen sie ihre Gefühle popularisieren,
mögen sie sich vergnügen mit meinem Blut,
jemand jedoch soll sie mir vorstellen,
ich will sie ganz aus der Nähe kennenlernen,
will wissen, woran ich mich zu halten habe.

Mit den Wiederkäuern vermochte ich
auf solch tiefe Art noch nicht warm zu werden:
dennoch bin ich ein Wiederkäuer,
ich begreife nicht, daß diese mich nicht verstehen.
Ich muß dieses Thema einmal
beim Äsen mit Kühen und Ochsen erörtern,
mit den Stieren durchdiskutieren.
Irgendwie werde ich so viele
darmtiefe Dinge schon verstehen,
die im Innern verborgen sind
wie geheime Leidenschaften.

Was hält ein Schwein von der Mörgenröte?
Sie singen nicht, aber sie stützen sie
mit ihren mächtigen rosigen Leibern,
mit ihren kleinen harten Klauen.
Die Schweine stützen die Morgenröte.

Die Vögel verzehren die Nacht.

Und am Morgen leer ist
die Welt: es schlafen die Spinnen,
die Menschen, die Hunde, der Wind,
die Schweine grunzen, es tagt.

Ich möchte mich mit den Schweinen besprechen.

Süße, lauttönende, heisere Frösche,
immer wollte ich eines Tages Frosch sein,

immer liebte ich den Sumpf, die Blätter
wie Fasern schmal,
die grüne Welt der Kressen
mit den Fröschen, Herren des Himmels.

Die Froschserenade
steigt in meinem Traum auf und regt ihn an,
steigt wie eine Kletterpflanze
zum Balkon meiner Kindheit auf,
zu den Brustspitzen meiner Kusine,
zu den astronomischen Jasminen
in der schwarzen Nacht des Südens,
und nun, da die Zeit vergangen ist,
fragt mich nicht nach dem Himmel:
ich denke, ich habe noch immer nicht die heisere
Sprache der Frösche gelernt.

Wenn es so ist, wie bin ich da Poet?
Was weiß ich von der vermehrten
Geographie der Nacht?

Mit dieser Welt, die da läuft und schweigt,
möchte ich mehr Fühlung haben,
andere Sprachen, andere Zeichen,
ich will diese Welt kennen.

Alle geben sich unzufrieden
mit finsteren Vorstellungen
von raschen Kapitalisten,
systematischen Frauen.
Ich will mit vielen Dingen sprechen
und werde nicht von diesem Planeten gehn
ohne zu wissen, was ich suchen kam,
ohne diese Angelegenheit zu klären,
und mir genügen die Menschen nicht,
ich muß viel weiter fortgehen,
und ich muß viel näher herangehen.

Darum, meine Herren, werde ich
mit einem Pferd mich unterhalten,
die Dichterin möge mich entschuldigen
und der Professor mir verzeihn,
ich bin die Woche über beschäftigt,
ich habe den Sprudeln zu lauschen.
Wie hieß jene Katze doch?

Maremoto/Beben des Meeres

(1970)

Ich habe fast das ganze Jahr 1969 in Isla Negra verbracht. Schon früh am Morgen wächst das Meer auf fantastische Weise. Es scheint ein endlos langes Brot zu kneten. Weiß wie Mehl ist der verschüttete Schaum, getrieben von der kalten Hefe der Tiefe.

Der Winter ist statisch und nebelig. Seinem ländlichen Zauber fügen wir täglich das Feuer des Kamins hinzu. Das Weiß des Sandes am Strand schenkt uns eine immer einsame Welt wie damals, als es im Land noch keine Bewohner oder Sommergäste gab. Doch ich glaube nicht, daß ich die sommerliche Menschenmenge verabscheue. Kaum naht der Sommer, nähern sich die Mädchen dem Meer, Männer und Kinder wagen sich behutsam in die Wellen und springen vor der Gefahr zurück. So vollführen sie den tausendjährigen Tanz des Menschen vor dem Meer, der vielleicht der erste Tanz des Menschen war.

Im Winter umhüllt die Dunkelheit der Nacht die Häuser von Isla Negra. Nur das meine ist erleuchtet. Manchmal meine ich, im Haus gegenüber sei jemand. Ich sehe ein erleuchtetes Fenster. Nur eine Spiegelung. Es ist niemand im Haus des Kapitäns. Es ist das Licht meines Fensters, das sich in dem seinen spiegelt.

Immer wieder werde ich besonders von Journalisten gefragt, woran ich gerade arbeite. Immer hat mich die Frage wegen ihrer Oberflächlichkeit überrascht. Denn die Wahrheit ist die: Ich arbeite immer am gleichen. Ich habe nie aufgehört, das gleiche zu tun. Dichten.

Ich habe erst viel später gemerkt, daß das, was ich schon immer tat, Dichten war. Ich habe mich nie für Definitionen, für Etiketten interessiert. Ästhetische Diskussionen langweilen mich zu Tode. Ich unterschätze nicht die, welche dergleichen verfechten, ich fühle mich nur der Geburtsurkunde wie dem Nachruf des literarischen Schaffens gleichermaßen fremd. »Möge nichts Äußeres mich beherrschen«, sagte Walt Whitman. Das Beiwerk der Literatur darf trotz all seiner Meriten nicht die nackte Schöpfung ersetzen.

Ich habe mein Schreibheft mehrmals im Jahr gewechselt. Aufgestapelt liegen die grünverschnürten Hefte mit meiner Schönschrift. Ich habe viele von ihnen gefüllt, die Bücher geworden sind, als seien sie von einer Metamorphose zur anderen übergegangen, von der Unbeweglichkeit zur Bewegung, von der Larve zum Leuchtkäfer.

Das politische Leben riß mich wie ein Donnerschlag aus meiner Arbeit. Wieder einmal bin ich zu den Menschen zurückgekehrt.

Ich schreibe diese raschen Zeilen für meine Memoiren drei Tage nach den empörenden Ereignissen, die zum Tod meines großen Gefährten, des Präsidenten Allende, führten. Seine Ermordung wurde vertuscht; er wurde heimlich begraben; nur seine Witwe durfte den unsterblichen Leichnam begleiten. Die Version der Angreifer lautet: Sein lebloser Körper wurde mit sichtlichen Zeichen des Selbstmords gefunden. Die im Ausland veröffentlichte Fassung lautet anders. Gleich nach dem Luft-Bombardement traten Panzerwagen in Aktion, viele Panzerwagen, um furchtlos gegen einen einzigen Mann zu kämpfen: den Präsidenten der Republik Chile, Salvador Allende, der sie in seinem Arbeitszimmer erwartete ohne weitere Gesellschaft als sein großes Herz, umgeben von Rauch und Flammen.

BEBEN DES MEERES

Die Zeitmesser des Meeres,
die Artischocken,
die Sparbüchsen mit ihren flackernden Feuern,
die Beutel des Meeres
zum Bersten voll,
die Leuchten des Wassers,
die Schuhe, die Stiefel
des Ozeans,
die Zephalopoden, die Holothurien,
die trotzigen Krebse,
gewisse Fische, die schwimmen
und sehnsüchtig seufzen,
die Seeigel, die hervorkommen
aus den Kastanien der Tiefen,
die blauen Schirme des Ozeans,
die zerrissenen Botschaften,
die Walzer auf den Wogen,
all dies schenkt mir das Beben des Meeres.

Die Wellen kehrten zurück zur Bibel:
Seite um Seite schlossen sich die Wasser:
der ganze Zorn sank zur Mitte des Meeres,
aber zwischen meinen Blicken blieben mir
mannigfaltige und nutzlose Schätze,
die mir seine zerstörte Liebe ließ
und jene dunkle Rose.

Betastet diese Gestalt:
hier meine Hände bearbeiteten
winzige Sarkophage aus Salz,
bestimmt für Stoffe und Geschöpfe,
wild in ihrer purpurroten Schönheit,
in kalknarbigen Stigmata,
vergänglich

auf daß sich ernähren
wir und andere Wesen
von Blumen und Licht Verschlingendem.

Das was ließ auf der Schwelle das Beben,
die zerbrechliche Stärke, das Unterwasserauge,
die blinden Tiere der Woge,
zwingen mich in den Spalt:
komm und komm und geh, o Qual
meiner heimlichen Gezeiten verborgen vom Meer.

Muscheln, ausgeworfen auf den Sand,
glitschige Arme,
Mägen des Wassers,
Rüstungen geöffnet zum Eintritt
von Wiederholung und Bewegung,
Stacheln, Saugnäpfe, Zungen,
kleine kalte Körper,
mißhandelt
von der unerbittlichen Ewigkeit des Wassers,
von der Wut des Windes.

Sein und Nicht-Sein – hier sind sie verschmolzen
zu glänzenden und hungrigen Gebilden:
Es brennt das Leben und geht
spazieren ein Blitz der Tod.
Ich bin nur Zeuge
der Elektrizität und der Schönheit
füllend die verzehrende Stille.

ABSCHIED VON DEN GESCHÖPFEN DES MEERES

Kehrt zurück! Kehrt zurück zum Meer
von diesen Seiten!

Fische, Meeressäuger, Algen
entkommen der Kälte,
kehrt zurück zum Gürtel
des Ozeans,
zum flüchtigen Kuß
der Welle,
zur verborgenen Vernunft
der Klippe!

O ihr Unsichtbaren,
Nackten, Untergetauchten,
Ungreifbaren,
es ist Zeit
zu teilen und zu trennen:
Das Papier schreit nach mir,
die Tinte, die Bleistifte,
die Druckereien, die Briefe,
die Schachteln,
die Buchstaben und die Ziffern
treffen sich im Lager
von wo aus
sie mir nachstellen: die Frauen
und die Männer
begehren meine Liebe, verlangen meine Gesellschaft,
die Kinder von Petorca,
von Atacama, von Arauco, von Lonoche
wollen spielen mit mir!

Mich erwarten ein Zug, ein Schiff
gefüllt mit Äpfeln,

ein Flugzeug, ein Pflug,
einige Ähren.
Adios, organisierte
Wesen des Wassers, lebt wohl
Langusten gekleidet
wie Kaiser,
ich werde ihr werdet zurückkehren
zur Einheit zur Stunde noch
gebrochen.
Ich gehöre dem Sand:
ich werde zurückkehren zum gekrümmten Meer
und zu seinen Früchten
und zu seiner Wut:
jetzt gehe ich
pfeifend
durch die Straßen.

2000

(postum erschienen)

FEIER

Ziehen wir also die Schuhe an, das gestreifte Hemd,
den blauen Anzug, wenn auch die Ellbogen schon glänzen,
ziehen wir ein Feuerwerk ab mit bengalischem Licht,
und in Strömen laßt ziehen Wein und Bier von der Kehle
zur Sohle hinunter,
denn gebührend soll sie gefeiert sein
die gewaltige Zahl, die uns so viel Zeit gekostet,
so viel Jahre und Tage, zu Bündeln gepackt,
so viel Stunden, so viel Millionen von Minuten,
feiern wir also den großen Eröffnungstag.

Laßt die Pfropfen knallen, daß wir uns eingießen all
die aufgesparten Freuden,
schnappen wir uns eine hergelaufene, lockere Braut,
die einen festlichen Biß sich gefallen läßt.
Heut ist es soweit. Heut ist es da. Wir betreten
den Teppich des unbekannten Jahrtausends. Das Herz,
der Mandelkern
der steigenden Epoche, die ausgereifte Traube
wird uns zu eigen sein,
und wird die Wahrheit sein, die lang erwartete
Wahrheit.

Indessen wächst ein Blatt im Laub
der beginnenden Zeit hinzu:
Zweig um Zweig verkreuzt sich das Gezweig,
Blatt um Blatt werden die Tage steigen,
und Frucht um Frucht wird der Friede kommen:
der Baum des Glückes bildet sich
aus der blutroten, trotzigen Wurzel, die weiterlebt,
weil sie das Wasser sucht, die Wahrheit, das Leben.

Heute ist heute. Dieses Morgen ist da,
hervorgewachsen aus so viel Dunkelheit:

noch wissen wir nicht, ob sie hell ist,
diese frisch eröffnete Welt:
wir werden sie erhellen, verdunkeln,
bis sie golden und reifgebrannt ist
wie die harten Körner der Maisfrucht:
für jeden, für die Neugeborenen,
für die Überlebenden, die Blinden,
für die Stummen, für die Krüppel und Kranken,
daß sie sehen und reden,
daß sie weiterleben und laufen,
daß sie mit Händen greifen die künftige Frucht
des gegenwärtigen Reiches, das wir offen lassen
für den reisenden Forscher wie für die Königin,
für den neugierigen Kosmonauten
wie für den Bauern, der werkt nach altem Brauch
für die Bienen, die nunmehr kommen,
um teilzuhaben am Stock der gefüllten Waben,
und vor allem für die jungen Völker.
die Völker, die aufwachsen jetzt
mit frischen Fahnen, geboren
in jedem Tropfen Blut oder Schweiß.

Heute ist heute, und gestern ist dahin, kein Zweifel.

Heute ist auch morgen, und ich bin dahingegangen
mit irgendeinem kalten Jahr, das hinging,
mit mir ist es hingegangen, und mich hat es mitgenommen

Daran ist nicht zu zweifeln. Mein Gerippe
bestand, zuweilen, aus harten Worten,
hart wie Knochen in Wind und Regen,
und feiern konnte ich das, was geschieht,
indem ich statt Lied oder Zeugnis
ein Skelett hinterließ, ein zähes Skelett aus Worten.

Buch der Fragen

(postum erschienen)

Warum fliegen die Riesenflugzeuge
nicht mit ihren Kindern spazieren?

Welcher gelbgefiederte Vogel
legt sein Nest voll Zitronen?

Warum bringt man Hubschraubern nicht bei,
aus der Sonne Honig zu saugen?

Wo hat der Vollmond, wo,
seinen nächtlichen Mehlsack vergessen?

Und wem lächelt der Reis zu mit seinen
unzähligen weißen Zähnen?

Warum wird in finsteren Epochen
mit unsichtbarer Tinte geschrieben?

Weiß die Schöne in Caracas,
wieviel Röcke die Rose anhat?

Warum beißen mich die Flöhe
und die Literaturfeldwebel?

Gibt es wirklich nur in Australien
lüsterne Krokodile?

Wie teilen die Orangen im Orangenbaum
die Sonne unter sich auf?

Entstammt das Gebiß des Salzes
einem bitteren Munde?

Fliegt des Nachts auch wirklich
ein schwarzer Kondor über mein Land?

Liebe, ach, Liebe zu dem da und jener,
sie sind ja nicht mehr, wo sind sie hin?

Gestern, ach, gestern fragt' ich meine Augen,
wann, ach, wann sehen wir uns wieder?

Und wenn sich die Landschaft ändert,
sind es deine Handschuhe oder deine Hände?

Wenn im Wasser das Blau singt,
wie riecht dann im Himmel der Schall?

Warum haben sich zum Warten
auf den Schnee die Bäume entkleidet?

Woher weiß man, wer Gott ist
unter den Göttern von Kalkutta?

Warum leben die Seidenraupen
alle in solchen Lumpen?

Warum ist es so hart, das süße
Herzstück der Kirsche?

Ist es darum, weil es sterben
oder weil es weiterleben muß?

Wie weit, aufgerundet, in Metern,
ist es von der Sonne zu den Orangen?

Wer weckt die Sonne, wenn sie
schläft auf ihrem glühenden Bett?

Zirpt die Erde wie eine Grille
im Konzert des Himmels?

Stimmt es, daß Trauer breithüftig
und schmal ist die Schwermut?

Erstehen einst aus deiner Asche
Tschechoslowaken oder Schildkröten?

Wird dein Mund Nelken küssen
mit anderen, künftigen Lippen?

Weißt du auch, woher der Tod kommt,
von oben oder von unten,

von Mikroben oder von Mauern,
von Kriegen oder vom Winter?

Meinst du nicht, der Tod lebt
in der Sonne einer Kirsche?

Kann einen nicht auch der Kuß
des Frühlings umbringen?

Glaubst du, Trauern verschafft dir
die Fahne deiner Bestimmung?

Erkennst du auch im Totenschädel
deine zu Gebein verdammte Sippe?

Spürst nicht auch du die Gefahr
im wiehernden Lachen des Meeres?

Siehst du in der blutigen Seide
des Mohns nicht eine Bedrohung?

Siehst du nicht, wie der Apfelbaum blüht,
nur um im Apfel zu sterben?

Weinst du nicht, umschwärmt von Gelächtern,
beim Anblick der Flaschen voll Vergeßnem?

Wie lange lebt noch ein Nashorn,
läßt es sich erst einmal erweichen?

Was erzählen die Blätter eigentlich Neues
vom eben angebrochenen Frühling?

Leben die Blätter im Winter
heimlich bei den Wurzeln?

Was hat der Baum von der Erde gelernt,
daß er jetzt mit dem Himmel plaudert?

Wer leidet mehr, der immer wartet
oder der nie eines Menschen geharrt?

Wo ist der Regenbogen zu Ende,
in deiner Seele oder am Horizont?

Wird ein unsichtbares Gestirn einst
vielleicht zum Himmel der Selbstmörder?

Wo stehen die erzenen Weinberge,
von denen die Sternschnuppe abstürzt?

Wer war die Frau, die dich damals
im Traum liebte, als du schliefest?

Wohin wandert all das Geträumte?
In die Träume anderer Menschen?

Und dein in Träumen lebender Vater,
muß er sterben, wenn du erwachst?

Treiben Blüten die Traumgewächse,
und reifen ihre todernsten Früchte?

Wo ist das Kind, das ich gewesen,
wohnt es in mir oder ist es fort?

Weiß es, daß ich es nie geliebt hab
und es mich auch niemals gemocht?

Warum sind wir denn dann so lange
gewachsen – nur um uns zu trennen?

Warum sind wir nicht beide gestorben,
als meine Kinderzeit wegstarb?

Und wenn der Mut von mir gesunken,
warum bleibt mein Skelett bei mir?

Hörst du mitten im Herbst
das gelbe Krachen und Bersten?

Aus welchem Grund oder Untergrund
weint der Regen um seine Freude?

Welche Vögel diktieren dem Schwarm,
wenn er fliegt, die Flugordnung?

Woran orientiert sich der Kolibri
in seinem symmetrischen Geflirr?

Wenn ich wieder einmal das Meer seh,
sieht das Meer dann auch mich oder nicht?

Wozu fragen mich die Wellen,
wonach auch ich sie frage?

Und wieso branden mit soviel vergeblichem
Schwung sie gegen die Felsen?

Werden sie nicht müde, immer wieder
dem Strand ihre Liebe zu erklären?

Wer vermag das Meer zu überreden,
daß es vernünftig sein soll?

Wozu zertrümmert es blauen
Bernstein und grünen Granit?

Und wozu die vielen Runzeln
und die vielen Löcher im Riff?

Ich laufe immer hinterm Meer her –
doch wohin, wenn es mich einholt?

Warum versperre ich mir den Weg
und geh dem Meer in die Falle?

Wie einigt man sich mit den Vögeln
auf eine Übersetzung ihrer Sprachen?

Wie bring ich der Schildkröte bei,
daß ich noch langsamer bin als sie?

Wie stelle ich dem Floh die Frage
nach seinen Hochsprungwerten?

Und was sage ich den Nelken
zum Dank dafür, daß sie duften?

Warum flattert meine verwaschene
Wäsche wie eine Fahne?

Bin ich zuweilen ein Bösewicht
oder immer ein Guter?

Erlernt man eigentlich Güte
oder nur die Maske der Güte?

Sind die Rosen des Bösen nicht weiß
und schwarz die Blumen des Guten?

Wer gibt der vielköpfigen Unschuld
ihre Namen und ihre Nummern?

Stürzen Gedanken der Liebe
ab in erloschene Vulkane?

Ist ein Krater ein Racheakt
oder straft uns durch ihn die Erde?

Mit welchen Sternen reden und reden
die Flüsse, die nirgends münden?

Bei welcher Zwangsarbeit schwitzt Hitler
Blut und Wasser in der Hölle?

Streicht er Wände oder Leichen?
Riecht er am Gas seiner Toten?

Bekommt er die Asche zu fressen
der vielen zu Asche verbrannten Kinder?

Bekommt er seit seinem Tode
Blut im Trichter zu trinken?

Oder hämmert man ihm Goldzähne,
andern herausgebrochen, in den Mund?

Oder wird er zum Schlafen
auf seinen Stacheldraht gebettet?

Oder wird ihm die Haut tätowiert
für die Lampenschirme der Hölle?

Oder beißen ihn ohne Gnade
die schwarzen Feuerhunde?

Oder muß er Tag und Nacht reisen,
pausenlos, mit seinen Gefangenen?

Oder sterben, ohne sterben zu dürfen,
für alle Ewigkeit unterm Gas?

Wenn alle Flüsse doch süß sind,
woher hat das Meer dann sein Salz?

Woher wissen die Jahreszeiten,
daß sie das Hemd wechseln müssen?

Warum so schleppend im Winter
und so fieberhaft eilig danach?

Und woher wissen die Wurzeln,
daß sie zum Licht hinauf müssen?

Und der Luft guten Tag sagen
mit all den Blumen und Farben?

Spielt denn immer derselbe Frühling
nur ein weiteres Mal seine Rolle?

Das Meer und die Glocken

(postum erschienen)

HIER

Ich kam nach hier, die Glocken zu zählen,
die leben im Meer,
die läuten im Meer,
drinnen im Meer.

Drum lebe ich hier.

SINKT JEDER TAG …

Sinkt jeder Tag
hinab in jeder Nacht,
so gibt's einen Brunnen,
der drunten die Helligkeit hält.

Man muß an den Rand
des Brunnendunkels hocken,
altsunkenes Licht zu angeln
mit Geduld.

JEDER

Vielleicht bin ich ja gar nicht ich, vielleicht
vermochte ich's, war nicht, hab nichts gesehen, bin nicht.
Was ist das nur? In welchem Juni, welchem Holz bin ich bisher
herangewachsen und fortgeboren?

Bin ich denn nicht gewachsen, gewachsen, nur gestorben?

Ich hab an Haustüren
gerauscht wie Meer,

wie Glocken gedröhnt:
Ich hab nach mir gefragt voller Entzücken,
(später mit Qualen dann),
mit Schellen, mit Wasser,
Sanftmut:
kam stets zu spät.
In weiter Ferne lag schon mein Früher,
schon korrespondierte ich nicht mehr mit mir,
war schon zu oft gegangen.

Also ging ich ins nächste Haus,
zur nächsten Frau,
in jede Ecke,
fragte nach mir, nach dir, nach jedem,
und wo ich nicht mehr war, war keiner,
alles entleert,
einfach weil es nicht heute war,
es war schon morgen.

Warum soll ich umsonst
abklappern jede Tür, dahinter wir ja doch nie stehen,
weil wir noch nicht am Ziel sind?

So wußte ich denn Bescheid,
ich bin genau wie du
und so wie jedermann.

Ausgewählte Mängel

(postum erschienen)

REPERTOIRE

Menschen sind hier, die haben Vornamen und Füße,
haben Adressen und Familiennamen:
Ich ziehe mit im Gänsemarsch
am Strang.
Manche, die sind schon abgerutscht
in den
Brunnen, den sie
gegraben, um darein zu stürzen:
Da sind die Guten und dabei Bösen,
die Schlächter und der Stein, auf dem sie
vom Rumpf getrennt den Schädel jedem,
der herantrat an den Abgrund.

Von allem liegt etwas im Korb, auch wenn's nur
Klingklang ist, Essensgeräusche,
Schüsse, Klappern von Löffeln, Schnäuzer,
ich weiß nicht einmal, was geschah, was los war
mit mir und mit den andern,
nur eins steht fest, gesehen
hab ich sie, berührt, und da das Leben hinrollt
und nie stillstehn seine Räder,
hab ich auch sie gelebt, so wie sie mich,
die Freunde, Feinde, Wände,
die ungehörig frommen Dulder,
die edlen Herren mit den tristen Hüten,
die vom Wind vertilgten Dörfler
und alles übrige: Korn im Kornspeicher,
die eignen Sünden, nackt wie üblich,
die gehen jeden Tag ins Bad und treten
noch besudelter danach ans Licht.

Ach, rette sich, wer immer kann!

Ich dokumentiere ja nur meine Mängel,
die eines einzigen Tags, sammle,
und nicht aus Grausamkeit, sondern aus langer Geduld:
Niemand trauert mehr, die schönen Tränen
sind überholt wie keusche Lilien,
ja, selbst die Reue ist entschlafen.

Drum zeig ich meine Krone, schnöder
Richter ich, der niemandem gerecht wird,
den Dieben nicht, nicht seiner würdigen Gattin,
ihr wißt Bescheid:
Ich, der nur plappert, red zu wenig,
hab viel gesehen und muß noch mehr sehen
und werd davon allmählich blind.

EIN ANDERES SCHLOSS

Nein, ich bin nicht der Feurige,
ich bestehe aus Kleidern, Rheumatismus,
zerrissenen Papieren, vergessenen Zitaten,
armseligem Höhlengekritzel auf etwas,
was einmal stolze Steine waren.

Wo ist das Schloß des Regens geblieben,
wo die Zeit des Wachsens mit ihren traurigen Träumen
und jener halbentfaltete Plan
von ausgebreiteten Schwingen, vom Adler am Himmel,
von heraldischem Feuer?

Nein, ich bin nicht der Blitz
aus blauem Feuer, niederzuckend wie eine Lanze,
die jedes Herz ohne Bitterkeit durchbohrt.

Das Leben ist nicht die Spitze eines Messers,
kein niederschmetternder Stern,
sondern ein leiser Verschleiß im Leihkostüm,
ein tausendfach wiederholter Schuh,
eine Medaille, die langsam oxydiert
im Innern einer dunklen, dunklen Truhe.

Ich verlange keine frische Rose, keine Schmerzen,
nicht Gleichgültigkeit ist's, was mich verzehrt,
sondern daß jedes Zeichen geschrieben ist,
Salz und Wind verwischen die Schrift,
und die Seele ist nun eine schweigende Trommel
am Ufer eines Flusses, jenes Flusses,
der dort war und dort sein wird weiterhin.

Liebessonette

(postum erschienen)

Bevor ich dich liebte, Geliebte, gehörte mir nichts:
Unentschlossen zog ich durch Straßen und durch den Tag:
Nichts zählte, und nichts besaß einen Namen:
die Welt war aus Luft, wie ich vermutet.

Aschgraue Salolls lernte ich kennen,
Tunnel, in denen der Mond wohnte,
herzlose Gehege, die einander den Abschied gaben,
Fragen, die mit besonderem Nachdruck im Sande bohrten.

Alles war leer, tot und stumm,
schlaff, verlassen und verfallen,
alles war unverändert fremd,

alles war Besitz der anderen und von niemand,
bis dann deine Schönheit, deine Anmut
den Herbst mit Geschenken schmückte.

Wunderbar strahlende Vernunft, klarer Dämon
absoluter Blütentraube, senkrechter Mittagsstunde,
endlich sind wir hier, einsam nicht und doch allein,
weit weg vom Ungestüm der wilden Stadt.

Wenn die reine Linie Kreise zieht um ihre Taube,
wenn das Feuer den Frieden preist mit seiner Nahrung,
bauen du und ich uns diesen Teil des Himmels.
Vernunft und Liebe, und beide nackt, beleben dieses Haus.

Wilde Träume, Flüsse voll bitterer Gewißheit,
Entscheidungen härter als der Traum eines Hammers
fielen in den zwiefachen Kelch der Liebenden.

Erst in der Bilanz sah man als Zwillinge sich erheben
die Vernunft und die Liebe gleich einem Flügelpaar.
So ward die Transparenz erschaffen.

O Kreuz des Südens, Kleeblatt aus duftendem Phosphor,
mit vier Küssen ward heut deine Schönheit ergründet,
und mich traf es durch meines Hutes Schatten:
vor Kälte rund ging auf der Mond.

Mit einmal da, o ihr Diamanten aus blauem Reif, Heiterkeit
des Himmels, Liebe und Geliebte, Spiegelbild,
erschienest du und in der Nacht erbebten
deine vier Gewölbe voll von zitterndem Wein.

O pochendes Silber aus glänzend reinem Fisch,
grünes Kreuz, Petersilie des strahlenden Schattens,
Leuchtkäfer, zur himmlischen Einheit verdammt,

ruhe in mir, schließen wir deine und meine Augen.
Teile für eine Minute des Menschen Nacht.
Entzünde in mir deine vier numerischen Himmelszeichen.

Balladen von den blauen Fenstern

(postum erschienen)

ICH LIEBE DIE SANFTMUT...

Ich liebe die Sanftmut, und trete
ich über die Schwelle einer Einsamkeit,
öffne ich die Augen und lasse sie überlaufen
von der Süße ihres Friedens.

Ich liebe die Sanftmut über
allen Dingen dieser Welt.

Ich finde in der Beruhigung der Dinge
ein großes und ein stummes Lied.
Die Augen zum Himmel wendend,
gewahre ich im Erschauern der Wolken,
im Vogel, der vorüberzieht, und im Wind
die große Süße der Sanftmut.

SCHON SPÜRE ICH MEINE JUGEND VERGEHEN

Schon spüre ich meine Jugend vergehen,
es ist ein Zittern, das der Ruhe meines Blutes schmeichelt;
im Schatten sind die frühen Entwürfe meiner Unschuld,
und ein Fluß aus trübem Gold überschwemmt meinen Leib.

Es ist der unberührte Leib eines gewesenen Frühlings,
der seiner jungfräulichen Lymphe Liebe nach mir warf,
es ist der ungewisse Schritt des ersten Schattens,
der neu belebt meinem Herzen starb.

(Klavier in Trauer, Klavier romantischer Nachmittage,
du kannst nicht mehr singen,
schon träum ich nachmittags nicht mehr von ekstatischen
Schatten,
die ihre Küsse regnen ließen auf meine Einsamkeit.)

(Bäume, traurige Hunde, zur Stummheit verdammt,
ein Krug Wein hat meinen Schmerz erlöst,
und nie mehr werde ich in der Nacht küssen
die nackten brüderlichen Rümpfe der Trostlosigkeit.)

In meinen ach so schwachen Venen
spüre ich den Galopp von Pferden, trunken von Unruhe und Blut,
und in meinen arglosen Arterien die abwegigen
Rondos der Jugend.

DIE TÜREN

Ich habe zwei helle Türen,
die wie Luft sind und Sonne,
ich habe zwei helle Türen,
die hellen Türen meines Herzens.

Den Winden sind sie geöffnet
dem Licht und der Liebe,
sie sind so mannigfaltig,
daß sie dem Schmerz Einlaß geben.

Wie der aufgebrachte Vogel,
der Gott anschaut, lausche ich
und betrachte die Rosen, die erblühen
wie mein Herz, das lange warten mußte.

Es fällt das Blatt,
es fällt die weiche Knospe,
die Frucht erzittert wie eine sanfte Brust
in einer Ahnung herbstlicher Wege.

Die Erde erzittert, und jede neue Frucht
öffnet sich im Geflecht des Schmerzes,
indes ich gleich zwei Rosen aus Schweigen
die hellen Türen meines Herzens öffne…

Victor Fariás
Pablo Neruda heute

Eine Nachbemerkung

Es gibt zwei Eigenheiten, die das Alltagsleben zu etwas höchst Außergewöhnlichem werden lassen können: nämlich etwas zu finden, das unserem Wesen wahrhaft entspricht, und damit dem Ablauf der Zeit eine Richtung zu geben, bei der das Ende unserer Existenz wie die unerläßliche und abschließende Note einer Sonate erscheint und damit unsere gesamte Lebenszeit als einen Prozeß kennzeichnet, innerhalb dessen man Freude schaffen konnte und sie zu teilen verstand.

Das Werk Pablo Nerudas ist zwar empfänglich für eine unendliche Vielfalt von Lesarten, ich glaube aber, daß sich sein äußerst beeindruckender Charakter gerade erst aus der Dynamik seiner vollständigen Entwicklung, aus der Werkgeschichte erschließt. Deshalb muß die Lektüre bei den ersten geschriebenen Seiten beginnen und mit den letzten enden. Jene beständige und zugleich sich wandelnde Dynamik ist alleine imstande, uns das Geheimnis der grandiosen poetischen Erfahrung zu vermitteln, die das Werk von Pablo Neruda ausmacht, und das die anfangs genannten beiden Eigenheiten beispielhaft miteinander verbindet.

Zu Ehren von Nerudas 90. Geburtstag (geb. 1904) wollte ich ein Lesebuch zusammenstellen, das nicht nur seine poetische Entwicklung nachzeichnet, sondern auch seine Brauchbarkeit für uns und unsere heutige Zeit herausarbeitet.

Seine jeweils exemplarische Sichtweise und der Wandel, dem sie unterzogen war, macht Neruda – trotz zeitlicher und räumlicher Distanz – zu einem gegenwärtigen Dichter. Sich dem Rätsel des »unsichtbaren Flusses« zu nähern, bedeutet aber zugleich, sich mit der Zeit zu beschäftigen, einer unserer großen Lebensaufgaben.

Die Vielfalt für die Pablo Neruda steht, nimmt ihren Anfang in den 20er Jahren. Die ersten erstaunlichen dichterischen Versuche wurden Schulheften anvertraut und sind in den *Cuadernos de Temuco* (deutsch: »Balladen von den blauen Fenstern«) zu finden. Welchen künstlerischen Wert diese Hefte haben, wird erst richtig in seinen ersten publizierten Werken deutlich. In dieser ersten Phase entstehen vor allem das *Buch der Dämmerungen* (1923) und *Zwanzig Liebesgedichte* ... (1924). Ihre Lektüre vermittelt uns sehr genau das intensive Lebensgefühl des heranwachsenden Nerudas. Neben der erstaunlichen Subtilität, Reife und Gewalt seiner früh ausgebildeten Erotik, neben der profunden (Er-)Kenntnis von Lust und körperlichem Genuß, beinhalten die Texte die dramatische Beschreibung einer spirituellen Kraft, die zugleich jegliche Erotik verdirbt und regelrecht destruktiv ist. Alles, was die Liebe aufbaut, wird wieder zugrunde gerichtet durch eine korrelierende destruktive Kraft. Beide Impulse in ihrer Einheit bilden für Neruda die elementare Form des Lebens:

> Wie eine Vase bargst du die unendliche Zartheit,
> unendliches Vergessen zerbrach dich wie die Vase.

Die Einsamkeit, der Verzicht, die Tristesse und das Unvermögen, Freude zu bewahren und sie zu vermehren, sind Bestandteile einer geradezu extremen Entwicklung. In den ersten Werken regte sich noch lebendige, überschwengliche Subjektivität, ein Ich, das die innere Kraft und Fähigkeit besaß, sich zwischen größter Freude und tiefster Trauer zu bewegen. Dieses existentielle Modell trägt sein Scheitern in sich, da sich die zerstörerischen Kräfte immer als stärker erweisen, und bringt den jungen Neruda dazu, sich die Welt, die dieses Scheitern bewirkt hat, als neues Thema zu stellen. Die Welt erscheint jetzt als eine absurde Verbindung, als eine tatkräftige und allgegenwärtige Sinnlosigkeit.

Dies ist das beherrschende Sujet in Nerudas zweiter Schaffensphase und seines fundamentalen Werkes *Aufenthalt auf Erden*

(1925–1935). Hier erreicht Neruda etwas, das zuvor keinem Dichter gelungen war: den Widersinn, die Leere der Realität mit einer Kraft zu beschreiben, daß sie fühlbar wird und gleichzeitig analysiert werden kann. Ein Beispiel:

> *Toter Galopp*
> Wie Aschen, wie sich bevölkernde Meere
> in der versunkenen Langsamkeit, im Umgestalten …

Jenseits von allem, sogar des gescheiterten Ichs, berührt Neruda rein zufällig, ohne irgendeinen Vorwand zu verfolgen, die Leere als »Fundament« jedes Lebens. Die ersten Bücher Pablo Nerudas dienten allen Verliebten Lateinamerikas, den traurigen oder glücklichen, dazu, sich zu verstehen und die seltsame Mischung von Liebe und Leid zu besingen; die Melodie, welche die Melancholie komponiert. Ganz anders verhielt es sich mit seinen darauffolgenden Werken. Für Neruda war es eine schreckliche Erfahrung, daß man Tote, jugendliche Selbstmörder, mit seinem *Aufenthalt auf Erden* in der Hand fand. Die grenzenlose Radikalität seines Nihilismus machte einen weitergehenden Schritt in diese Richtung unmöglich.
Das Erstaunliche der dritten Phase der Werkgeschichte, die in den 30er und 40er Jahren liegt, bildet ein neues Element, das aber schon immer auf irgendeine Art präsent war. Die Leser seiner Autobiographie und die Kenner seines Lebens konnten dies nicht nur an den vielen, seit jeher seinen Freunden gewidmeten Seiten bemerken, auch an den herzlichen Festen mit ihren Essen und Trinksprüchen, die Pablo Neruda in der Art einer fröhlichen Liturgie veranstaltete, und an den aufrichtigen und frischen Erinnerungen Nerudas an seine Erlebnisse mit der Natur und mit Menschen. In seinem Nachlaß konnte ich nicht nur eine riesige Sammlung von Fotografien finden, die diesen Aspekt des Lebens bezeugen, sondern auch ein komplettes Kochbuch mit den entsprechenden originellen Menüs, und sogar eine Auswahl von ihm erfundener Witze für seine Freunde. Diese Art, das Leben anzunehmen, die sich bereits sehr früh in seiner Bio-

graphie abzeichnet, war mit der radikalsten Melancholie und Tristesse verbunden. Seine Natur- und Menschenliebe wird sich – wie ein Kontrapunkt – weiterentwickeln, bis sie einen eigenen Rhythmus und eine immer größere Bedeutung erlangen.

Diese Spannung zwischen Licht und Schatten erscheint als die wesentliche Struktur, welche die dritte Phase seiner Dichtung bestimmt. Die erste und die zweite Phase, verstanden als Möglichkeiten, in denen ein Ich in Auflösung thematisiert wird, mußten in lyrischer Dichtung ihren Ausdruck finden. In der dritten Phase, verstanden als Überwindung einer inhaltslosen Welt, entstand eine Dichtung, die endlich die Welt zum Thema hatte. Deshalb mußte Neruda auf die epische Form zurückgreifen, die es ihm erleichterte, von Geschichte und Gesellschaft zu sprechen, und damit seiner Dichtung eine neue Tendenz zu geben.

Pablo Neruda fand diese neue Welt – die Welt als historisches Szenario kollektiver und persönlicher Verpflichtungen – aus einem absolut einzigartigen und persönlichen Erlebnis heraus. Trotz des Nihilismus verlor Neruda niemals ein elementares Phänomen aus den Augen: die Freundschaft als die höchste Form der Existenz. Gerade dieses für sein Leben entscheidende Moment fand er im Spanien der 30er Jahre, nachdem er die Einsamkeit des chilenischen Südens und den deprimierenden Schmutz des winterlichen Santiagos hinter sich gelassen hatte. Er stieß in einem zu jener Zeit großzügigen Spanien auf einen Freund, der auch von den Spaniern überaus geschätzt wurde: Federico García Lorca. Die epische Dichtung Pablo Nerudas und der Geist, den sie beseelte, besteht von nun an aus der Suche nach Gerechtigkeit; darin enthalten ist ein Protest, der ein wesentlich komplexeres historisches Projekt hervorbringen wird. Weil es die Franco-Faschisten waren, die García Lorca töteten, wird Neruda sein historisches Engagement als bedingungsloser Anti-Faschist beginnen, als unversöhnlicher Feind jener, die seinen Freund umbrachten. Und zugleich schließt er sich den Kommunisten an, da er nur bei den Kommunisten den Willen und die Organisation fand, die der Kampf gegen die Faschisten erforderte. Der Tod seines Freundes zeigte ihm plötzlich, daß er – und nicht nur er – inmitten einer großen Lüge gelebt hatte.

> Wer log? Der Lilie Fuß
> gebrochen, dunkel, unergründlich,
> ganz voll von Wunden und dunklem Glanz!

Im ersten Werk aus dieser Phase, *Spanien im Herzen* (1937), spricht Neruda von Erwachen. Das zweite wird das neue Verständnis der Welt systematischer zur Sprache bringen, da es sich auf bisher unbekannte Weise auf den amerikanischen Kontinent bezieht: *Der große Gesang* (1950). Darin zeigt sich, daß sowohl Nerudas Übertritt zum Marxismus wie auch sein Verständnis der elementaren theoretischen Kategorien (die Geschichte, die Klassen, die Zeitlichkeit, der kosmische Raum, die Freiheit, der Kampf und der Tod) einen sehr originären und radikal humanen Grund hatten. *Die Höhen von Macchu Picchu* sind das bemerkenswerteste Dokument jener Epoche. In dieser dritten Phase bekommt sein poetischer Blick auch einen Zug ins Universellere. Europa, die Vereinigten Staaten, Asien und Chile bis in die 50er Jahre, sind der Gegenstand von Nerudas epischer Dichtung in *Die Trauben und der Wind* (1954).

In diesem Abschnitt kann man in der Werkgeschichte eine seltsame Analogie zur nihilistischen Phase bemerken: Beide werden dadurch beendet, daß sie eine äußere Grenze berühren, jenseits derer nichts mehr möglich ist. Der Subjektivist Neruda erreichte das Nichts und die Leere, der engagierte Neruda kam in *Die Trauben und der Wind* bei der entmenschlichten Verehrung Stalins an.

Pablo Neruda begleitete dichtend die komplexeste Phase des Marxismus, welche die heroische und zuerst von Lenin geleitete Epoche hinter sich läßt und Stalin hervorbringt, der die Organisation des Staates weiter betreibt, eine Entwicklung, die schließlich zum reinen Selbstzweck wurde. Diese Periode wird von zwei Problemen beherrscht, der Staat der Werktätigen muß weiter aufgebaut werden, und zugleich sind die schwersten Lasten des antinazistischen Krieges geduldig zu ertragen. Die Konsolidierung einer sinistren Diktatur und die erlittenen und verborgenen Leiden galten als geringeres und vorübergehendes Übel. Der zweifache Triumph verwandelte Stalin in einen Mythos, und so besang Neruda neben dem Meer von Isla Negra zugleich seinen Tod.

Die vierte Phase der poetischen Werkgeschichte Nerudas, zu der die drei Bände *Die Verse des Kapitäns* (1952), *Elementare Oden* (1954) und *Extravaganzenbrevier* (1958) gehören, enthalten einen qualitativen Wandel. In dieser Phase, vielleicht eine der dichtesten und reichsten der universellen Lyrik, schrieb Neruda auch seinen profundesten Prosatext, einen relativ unbekannten Essay, seine *Reise ins Herz von Quevedo* (1955). Hier formuliert er, an Quevedo gewonnen, ein neues existentielles Prinzip. All die thanatologischen Charakteristika des Lebens, die Konzeptionen vom Sein als ein Sein-zum-Tode, leiden im Grunde genommen an einer grundsätzlichen Naivität, denn entsteht erst einmal Leben, muß es – naturgemäß – auch enden. So ist der Tod selbst etwas derart Triviales wie ein Zusammenstoß, häßlich sein oder Schulden machen. Das wirklich Einzigartige und Entscheidende besteht darin, das Nichts – einmal – verlassen zu haben, die Unentgeltlichkeit der Tatsache, hierzusein und die Möglichkeit zu haben, aus einer solchen Gabe etwas zu machen. Neruda:

»Daher ist für Quevedo die Metaphysik außerordentlich physisch, ist das Stofflichste in seiner Lehre. Es gibt nur eine Krankheit, die tötet, und die ist das Leben. Es gibt nur einen Schritt, und der führt auf den Weg zum Tod. Vergehen und Leichentuch manifestieren sich nur auf eine Art: als der verschleißende Schritt der Zeit, die uns führt. Wohin führt sie uns? Wenn wir bei unserer Geburt zu sterben beginnen, wenn jeder Tag uns einer bestimmten Grenze näher bringt, wenn selbst das Leben eine feierliche Etappe des Todes ist, wenn selbst die Minute des Keimens die Abnutzung in sich trägt, dessen letzte Stunde nur der Höhepunkt des Lebensablaufs ist, fügen wir dann den Tod nicht in unseren Alltag ein, sind wir dann nicht ein fester Bestandteil des Todes, sind wir nicht das Kühnste, was schon aus dem Tode kam? Ist es nicht das Sterblichste, das Lebendigste, durch sein eigenes Geheimnis?«

Wie das nicht anders sein konnte, wird Neruda – nämlich im *Memorial von Isla Negra* (1964), »Die Episode« – ein ungewöhnlich poetisches Dokument schreiben: seine Abrechnung mit dem Stalinismus und die entsprechende Selbstkritik. Diese ideologische Befreiung gab Neruda ein Gefühl von neuer Verpflichtung und die Freiheit des Geistes zurück, die dringend notwendig für eine kommunistische Partei war, die in einer chilenischen Gesellschaft mit mehr als 100 Jahren Demokratie und Freiheit erstickte. In dieser Phase kam ein anderes entscheidendes persönliches Ereignis hinzu. So wie das ursprüngliche politische Engagement geprägt war durch den Verlust García Lorcas, so wird diese Phase geprägt sein durch das Erscheinen von Matilde Urrutia. Nerudas epische Dichtung, die ihren höchsten Ausdruck erreicht hatte und damit ein entsprechendes Vakuum hinterließ, wird abgelöst durch eine neue, frische Form der Lyrik Das neue Leben drückt sich in einer gemeinsamen Freude aus, und Neruda schreibt sein anfänglich »anonymes« Buch: *Die Verse des Kapitäns.* Von diesem Augenblick an wird für Neruda die Poesie zu einem enormen expressiven, spirituellen und auch politischen Experiment. In den drei Büchern der Oden entdeckt er die Stofflichkeit der Dinge wieder, dies aber auf alltäglichster und »trivialer« Ebene. Mit diesem neuen Blick kann uns Neruda die Oberfläche der Handlungen und der Dinge zeigen, aber als eine Oberfläche, die immer verbunden bleibt mit der Tiefe, mit dem Fortbestehen der universellen menschlichen Probleme. Der Mittler für diese Perspektive wird das Erstaunlichste sein, dessen wir fähig sind: der Humor. Aber nicht der Humor der Burleske oder der Sarkasmus, sondern jener, der uns die wahren Werte des Lebens zu verstehen erlaubt, gerade indem er uns die Unverhältnismäßigkeiten unserer pathetischen Ernsthaftigkeit zeigt. Damit antizipiert und überwindet Neruda die sogenannte Postmoderne, indem er ihren offenen Fragen eine Antwort bietet, allerdings ohne auch nur für einen Moment ihre Irrationalität oder gar ihre verantwortungslose apolitische Haltung zu

übernehmen. Das menschliche Subjekt ist auf doppelte Weise bestimmt: Es kennt seine soziale Verantwortung und ist sich jetzt allerdings auch seiner humanisierten Endlichkeit vollständig und immer bewußt.
In der fünften und letzten Phase seiner Werkgeschichte begleiten Nerudas Bücher die »chilenische Revolution«, ihre Voraussetzungen und ihre unseligen Folgen. Hier habe ich mich entschlossen, auf zwei kurze Texte aufmerksam zu machen: *Das Buch der Fragen* und *Maremoto (Beben des Meeres)*. Im Buch der Fragen gelingt es Neruda – auf paradoxe Weise – meisterlich, die größte Tiefe des Inhalts mit der frischesten Unschuld der Form zu verbinden. Die Weisheit des Alters und die Einfachheit des Kindes kommen zusammen. Daraus entsteht ein Buch der Fragen und nicht eines der feierlichen und definitiven Antworten. Aber auch hier löst sich das Denken nicht auf in eine inhaltslose Unbestimmtheit. Zwei bemerkenswerte Beispiele: Das eine denunziert die historische Unfähigkeit eines ganzen Kontinentes:

> Warum vermochte Christoph Kolumbus
> Spanien nicht zu entdecken?

Das andere ist eine Frage, die das unauslöschliche Bewußtsein des niederträchtigsten Verbrechens impliziert:

> Bei welcher Zwangsarbeit schwitzt Hitler
> Blut und Wasser in der Hölle?
> (...)
> Bekommt er die Asche zu fressen
> der vielen zu Asche verbrannten Kinder?

Maremoto (Beben des Meeres), geschrieben 1969/70, ist ein enigmatischer und warnender Text. Jene, die die Schriften Nerudas kennen, wissen, welche Bedeutung das Meer für ihn hatte: eine Art naturgegebenes Paradigma, in dem die Totalität der Welt widergespiegelt ist. Geschrieben in den Tagen, in denen ein politischer Prozeß in Chile begann, der mit seinem katastrophalen Ausgang sich in ein Vorspiel des Untergangs der gesamten sozialistischen Welt verwandeln sollte –, inszeniert Neruda in *Beben des Meeres* einen bis dahin in seiner Dichtung unbekannten und derart sinistren Vorgang, wie man ihn sich kaum vorstellen kann: Das Meer zieht sich schweigend kilometerweit zurück und hinterläßt auf dem unermeßlichen Strand all jene Gegenstände, die in Neruda Leben und Glanz hatten. All die Gegenstände, die Neruda in seinem Leben besang. Aber das Meer weicht nicht bloß zurück, das Meer sammelt dabei auch verhängnisvoll seine Kräfte und wird danach mit vernichtender Gewalt über die Küsten hereinbrechen. Der Text hält fest und beschreibt den Moment der völligen Stille, bevor das Meer seine Kräfte entfesselt. Erstaunlicherweise endet dieser Gedichtepos nicht mit der Beschreibung der Katastrophe, sondern Neruda hält inne, er verlängert das Warten auf den Untergang ins Unendliche und nutzt diesen Augenblick, um »Lebewohl an die Produkte des Meeres« zu sagen. Der Dichter hatte vorausgeahnt, was die Geschichte für sein Land bringen wird: nach langen Jahren der Demokratie einen Militärputsch, dem Tausende von Menschen zum Opfer fielen. Mehr noch: Neruda ahnt, was der kommunistischen Welt bevorsteht, ein Zusammenbruch in einem damals noch unvorstellbaren Ausmaß. Und all diese Beobachtungen stellt Neruda im Bewußtsein seines eigenen Todes an. Er ist bereits an Krebs erkrankt. Neruda hatte aber für ein postumes Geschenk gesorgt. Die postum veröffentlichten Bücher sind ein erstaunliches poetisches Vermächtnis, denn darin belebt der Dichter sein gesamtes Werk noch ein letztes Mal und stellt es zugleich kreativ in Frage. Die Gedichte aus: *Das Meer und die Glocken, Ausgewählte Mängel* und *2000*, die hier den Lesern anvertraut werden, veranschaulichen, wie Neruda den Menschen heute sehen wollte. Einerseits singt er die Melancholie und die Auflösungsgefahr als einen Teil unseres Lebens, andererseits erinnert Neruda an sein Grundprinzip, daß das Leben alle Möglichkeiten des Wunderbaren enthält.

Sinkt jeder Tag
hinab in jeder Nacht,
so gibt's einen Brunnen,
der drunten die Helligkeit hält.
Man muß an den Rand
des Brunnendunkels hocken

Das Lebensende von Pablo Neruda war so vielschichtig wie der Sinn und die Bedeutung seiner Werke. Aber gerade weil jede Phase seiner Entwicklung bewegt war durch immer menschlicher werdende Erfahrungen, ist das Ende einfach und erhaben, so ursprünglich, wie es auch der Anfang gewesen ist. Am Ende angelangt, blieb Neruda reduziert auf seine extreme Einzigartigkeit, die strenggenommen – nicht mehr Ausgangspunkt ist, sondern Verheißung für neue und entlegene Möglichkeiten, die sich nur einem fröhlichen Wanderer erschließen, der, inmitten seiner persönlichen Katastrophe, beim Weggehen die Melodie der Rückkehr anstimmen kann:

Ich gehöre dem Sand:
ich werde zurückgehen zum gekrümmten Meer
und zu seinen Früchten
und zu seiner Wut:
jetzt gehe ich
pfeifend
durch die Straßen.

Chronologie

der wichtigsten Lebensabschnitte von Pablo Neruda und der Publikation seiner bedeutendsten Werke

- **12. Juli 1904** Geburt von (Ricardo Eliecer) Neftalí Reyes (Basoalto) in Parral (Südchile) als Sohn des Lokomotivführers Jose del Carmen Reyes und der Volksschullehrerin Rosa Neftalí Basoalto. Seit 1920 benutzt der Dichter das Pseudonym Pablo Neruda, das er am 28. 12. 1946 als seinen Namen legalisieren läßt.
  Seine Mutter stirbt sechs Wochen nach seiner Geburt an Tuberkulose.
- **1906** Umzug des Vaters nach Temuco (Südchile) und zweite Ehe mit Trinidad Candia Marverde.
- **1917** Veröffentlichung des ersten Artikels in der Zeitung *La Mañana* (Temuco).
- **1921** Neruda begibt sich zum Studium nach Santiago de Chile.
- **1923** Erstausgabe von *Crepusculario.*
- **1924** Erstveröffentlichung von *Zwanzig Liebesgedichte und ein Lied der Verzweiflung.*
- **1927–1932** Chilenischer Honorarkonsul in Rangun, Colombo, Batavia und Singapur.
- **1930** Hochzeit mit der Holländerin Maria Antonieta Hagenaar Vogelzanz.
- **1932** Rückkehr nach Chile. Zweite und definitive Ausgabe von *Zwanzig Liebesgedichte und ein Lied der Verzweiflung.*
- **1933** Erstausgabe von *Der begeisterte Schleuderer* (zehn Jahre nach der Abfassung). Chilenischer Konsul in Buenos Aires. Erste Begegnung mit

Federico García Lorca. Erstausgabe von *Aufenthalt und Erden (1925–1931).*

1934 Chilenischer Konsul in Barcelona. Geburt seiner Tochter Malva Marina. Lernt die Argentinierin Delia del Carril kennen.

1935 Chilenischer Konsul in Madrid. Die spanischen Dichter feiern ihn mit dem Buch *Homenaje a Pablo Neruda de los poetas españoles (Ehrengabe der spanischen Dichter an Pablo Neruda).* Publikation der Zeitschrift *Caballo Verde para la Poesía (Grünes Pferd für die Dichtung).* Publikation von *Aufenthalt auf Erden (1925–1935).*

1936 Nach dem Ausbruch des Spanischen Bürgerkriegs wird Pablo Neruda als Konsul abgesetzt. Trennung von Maria Antonieta Hagenaar Vogelzanz.

1937 Rede in Paris auf Federico García Lorca. Engagement zugunsten der spanischen Republik. Erstausgabe von *Spanien im Herzen.*

1938 Tod seines Vaters und seiner Stiefmutter. Politisches Engagement in Chile für Pedro Aguirre Cerda, den Präsidentschaftskandidaten der Volksfront.

1939 Chilenischer Konsul für die spanischen Emigranten in Paris. Organisiert die Überfahrt spanischer Flüchtlinge nach Chile auf dem umgebauten Frachtschiff »Winnipeg«.

1940 Chilenischer Generalkonsul in Mexiko-Stadt.

1941 Die Universität von Mexiko-Stadt publiziert *Gesang für Bolívar.*

1942 Liest im Auditorium maximum *Gesang für Stalingrad,* der dann überall in Mexiko-Stadt als Plakat angeschlagen wird.
Tod seiner kranken Tochter Malva Marina.

1943 Reise in die USA. Triumphale Rückkehr nach Chile über Panama, Kolumbien, Peru (wo er

Lima, Cuzco, Macchu Picchu und Arequipa besucht).

1944 Erhält den Lyrik-Preis der Stadt Santiago de Chile.

1945 Wahl zum Senator für die nordchilenischen Provinzen Tarapaca und Antofagasta. Eintritt in die Kommunistische Partei Chiles. Reise nach Brasilien.

1946 Wahlkampfleiter des chilenischen Präsidentschaftskandidaten Gabriel González Videla. Erste Begegnung mit Matilde Urrutia in Santiago.

1947 Publikation von *Dritter Aufenthalt.*

1948 Pablo Neruda hält am 6. Januar im Senat die Rede *Ich klage an* gegen den politischen Kurswechsel des Präsidenten Gonzáles Videla; darauf wird er als Senator abgesetzt und polizeilich gesucht. Verbot der Kommunistischen Partei Chiles. Neruda lebt bis Februar 1949 im Untergrund.

1949 Abenteuerliche Flucht aus Chile. Ernennung zum Mitglied des Weltfriedensrates. Er trifft in Mexiko-Stadt Matilde Urrutia wieder.

1949–1952 Exil. Zahllose Reisen nach Amerika, Europa und Asien (Indien, Volksrepublik China).

1950 Erstausgabe von *Der Große Gesang* in Mexiko-Stadt. Erhält den Internationalen Friedenspreis.

1952 Aufenthalt auf Capri, zusammen mit Matilde Urrutia. Anonyme Publikation von *Die Verse des Kapitäns* in Neapel. Begeisterter Empfang bei seiner Rückkehr nach Chile.

1953 Erhält den Stalinpreis.

1954 Erstausgabe von *Elementare Oden* und *Die Trauben und der Wind.* Zahlreiche Reisen und Ehrungen.

1955 Trennung von Delia del Carril und endgültige Verbindung mit Matilde Urrutia.

1956 Erstausgabe von *Neue Elementare Oden.*

1957 Wahl zum Präsidenten des Chilenischen Schriftstellerverbandes.
Erstausgabe von *Drittes Buch der Oden.*

1958 Beteiligung am Präsidentschaftswahlkampf in Chile. Erstausgabe von *Estravagario (Extravaganzenbrevier).*

1959 Erstausgabe von *Seefahrt und Rückkehr.*

1960 Zahlreiche Reisen, Aufenthalte in Paris und in Kuba. Erstausgabe von *Heldenepos.*

1961 Ernennung zum korrespondierenden Mitglied des Instituts für Romanische Sprachen der Universität Yale (USA).

1962 Ernennung zum akademischen Mitglied der Philosophischen Fakultät der Universität von Chile in Santiago.

1964 Vortragsreihe zum 60. Geburtstag des Dichters in der chilenischen Nationalbibliothek.
Aktive Beteiligung am Präsidentschaftswahlkampf.
Erstausgabe von *Memorial von Isla Negra.*

1965 Dr. h. c. der Universität Oxford.

1966 Reisen in Nord- und Südamerika. Legalisiert in Chile seine im Ausland geschlossene Ehe mit Matilde Urrutia.

1967 Reisen in Europa.

1968 3. Ausgabe der *Vollständigen Werke* (Losada, Buenos Aires).
Erstausgabe von *Die Hände des Tages.*

1969 Ernennung zum Präsidentschaftskandidaten der Kommunistischen Partei Chiles; Wahlkampf; Verzicht zugunsten von Salvador Allende.
Erstausgabe von *Weltende* und *Noch.*

1970 Erstausgabe von *Das flammende Schwert* und *Die Steine des Himmels*. Wahlkampf; nach dem Sieg der Volksfront Ernennung zum Botschafter Chiles in Paris.

1971 Nobelpreis für Literatur.

1972 Die Regierung und das chilenische Volk ehren Pablo Neruda im Nationalstadion von Santiago.

5. 2. 1973 Aus Gesundheitsgründen Rücktritt von seinem Botschafterposten.

11. 9. 1973 Sturz und Tod von Salvador Allende.

23. 9. 1973 Pablo Neruda stirbt in Santiago de Chile.

1974 Publikation der Memoiren *Ich bekenne, ich habe gelebt* und der acht postumen Lyrikbücher *Die abgeschnittene Rose, Garten im Winter, 2000, Das gelbe Herz, Buch der Fragen, Elegie, Das Meer und die Glocken, Ausgewählte Mängel.* Publikation der Prosaschriften *Um geboren zu werden.*

5. 1. 1985 Matilde Urrutia de Neruda stirbt in Santiago de Chile.

DIE ÜBERSETZER

Maria Bamberg: »Braunes Mädchen, das so gerne küßt«

Fritz Vogelgsang: »Zwanzig Liebesgedichte und ein Lied der Verzweiflung«, »Die Verse des Kapitäns«

Erich Arendt: »Aufenthalt auf Erden«, »Der große Gesang«, »Die Trauben und der Wind«, »Memorial von Isla Negra«, »Elementare Oden«, »Drittes Buch der Oden«

Erich Arendt und Katja Hayeck-Arendt: »Extravaganenbrevier«

Monika López: »Buch der Fragen«, »2000«, »Das Meer und die Glocken«, »Ausgewählte Mängel«

Fritz Rudolf Fries: »Liebessonette«, »Balladen von den blauen Fenstern«

Tias: »Maremoto« »Beben des Meeres«

Alle kursiv gesetzten Passagen entstammen Pablo Nerudas Autobiographie *Ich bekenne, ich habe gelebt*, erschienen im Luchterhand Literaturverlag.

Umschlagkonzeption und -gestaltung: R · M · E / Roland Eschlbeck
Fotographie S. 2: Roger Melis
Satz: Greiner & Reichel, Köln
Druck und Bindung: Ebner, Ulm

ISBN 3-630-62002-7